# Nati's Diary

Band 2

Für alle Schwärmer da draußen:
Wenn´s der nicht wird, dann wird´s halt ein anderer..

# Ein Schwarm zum knutschen

Jugendbuch

Bibliografische Information der Deutschen Nationalbibliothek:
Die Deutsche Nationalbibliothek verzeichnet diese Publikation in der Deutschen Nationalbibliografie; detaillierte bibliografische Daten sind im Internet über http://dnb.dnb.de abrufbar.


**Herstellung und Verlag:**
Bod - Books on Demand, Norderstedt

**ISBN:** 9-783-74123-707-2

**Freitag, den 24. Juli**

Endlich Ferien!!! Und Mann, ich hab ja ewig gebraucht, um mal wieder Tagebuch zu schreiben. Liegt wahrscheinlich an meinen Mädels. Nina, Lilly, Marie und ich schreiben ja immer noch fleißig Briefbuch.
Dort sind mittlerweile die meisten Geschichten meines Lebens drin. Aber wir benutzen immer so Pseudonamen für die Leute, über die wir schreiben. Denn es könnte ja mal sein, dass wir unser Buch verlieren oder irgendeiner der Kindsköpfe aus unserer Klasse mal wieder auf den pubertären Gedanken, kommt uns das Buch wegzunehmen – und dann wäre das echt peinlich.

Also haben wir Namen, die nicht echt sind und von denen nur wir wissen, von wem wir wirklich sprechen.

Egal!
Es sind Ferien!!! Endlich! Vorbei dieses grausame Schuljahr! Wobei, eigentlich war es gar nicht so schlimm. Ich hab ja erst Marie besser kennengelernt und als dann auch noch Nina zu uns in die Klasse kam und sich neben Lilly setzte, war es nur logisch, dass wir vier irgendwie zusammen kommen.
Aber es ist auch so toll mit den Dreien. Ich glaube, es war irgendwann im Mai, als ich das letzte Mal Tagebuch geschrieben hab'. Mann, ich muss glatt mal nachsehen.
Auf jeden Fall wurde das Wetter dann immer besser und wir waren unglaublich viel Skaten, im Café, (aber nicht kaufen, denn wir haben für so was keine Kohle), und jetzt die letzte Zeit auch immer im Schwimmbad.

Meist war die ganze Klasse da. Die Jungs werfen und ziehen uns immer ins Wasser. Dagegen hab ich nichts. Aber was mich nervt, ist das Tunken. Jonathan macht das voll gerne. Aber er zieht mich auch immer gleich wieder raus.

Apropos Jonathan, ich mag ihn immer noch. Er ist total lieb. Aber wir sind jetzt nicht zusammen oder so.
Nachdem Jonathan sich mir ja im Frühling quasi vor die Füße geworfen hat und ich ihn abblitzen lassen habe – aus vielen Gründen- verstehen wir uns seitdem richtig gut.

Und seit Jonathan und ich nun richtige Freunde sind, sind auch die Mädels und ich in der Klasse bei den Jungs voll beliebt. Und seit der diesjährigen Badesaison sind auch die Jungs aus der Parallelklasse auf uns aufmerksam geworden. Denn unsere Jungs haben so viel Zeit damit verbracht, uns vier zu ärgern, dass die anderen sich wohl dachten, wir müssten was Besonderes sein. (Super! :-)).

Und was mit leichten Wasserspritzern angefangen hat, endete in einer wilden Flirtarie von Lilly, Nina und sogar Marie – und es hält noch an.
Ich finde die Jungs aus der anderen Klasse zwar ganz nett, aber meistens hocke ich mit Jonathan und Marc am Beckenrand.

Die Mädels sind total begeistert von unserem Status. Und ich find's ehrlich gesagt auch ziemlich cool.

Aber am coolsten finde ich, dass niemand mehr Stefanie mag.

Nachdem sie so fies versucht hat, Jonathan und mich auseinander zu bringen, was letztendlich ja auch geklappt hat, haben immer mehr Leute gecheckt, dass sie tatsächlich ein hinterlistiges Biest ist.

Umso besser für mich. Die Rache ist nämlich mein – ohne dass ich etwas tun musste.

Und es ist genauso wie meine Oma immer sagt: „Wer ande-

ren eine Grube gräbt, fällt selbst hinein!"
Ich mach das nicht! Im Gegenteil! Ich hab Jonathan sogar die letzten Monate mit Englisch und Deutsch geholfen. Und er mir mit Mathe und Chemie.

Und, was soll ich sagen, ich war richtig gut dieses Schuljahr. Stolzer Notendurchschnitt von: Tatatataaaa: 1,8! Suuuuuper!

Jonathan hat 3,4 und ich versteh wirklich nicht, weshalb er deshalb gleich auf die Realschule wechselt. Aber anscheinend will er es ja wirklich so.
Er sagt die ganze Zeit, dass er eh schon weiß, was er werden will, da bräuchte er kein Abi! Hm, schade, denn dann ist er weg aus der Klasse. Seit heute quasi.

Aber gut, als Kfz-Mechaniker braucht er wohl wirklich kein Abi. Wobei er ja später mal an Rennautos der Formel 1 basteln will. Ich weiß nicht, ob es da nicht passender wäre, doch noch das Abi zu machen. Aber er meinte, wenn es soweit wäre, dann würde er es halt nachholen. Na gut. Ist seine Sache.

Ich bin jedenfalls jetzt erst mal mit 'nem 50-er von meinen Eltern belohnt worden. Außerdem wollen sie jetzt am Wochenende mit mir zum See fahren. Also bitte, das ist doch keine Belohnung, sondern peinliche Strafe!
So sehr ich sie liebe, in Badesachen sind sie jetzt wirklich nicht gerade sexy!

Na ja, jetzt geh ich erst einmal die Mädels auf einen fetten Zeugnisgeld-Eisbecher einladen und danach ins Schwimmbad. Ich liebe das Leben!!!

**Sonntag, der 25. Juli**

Gestern war wieder ne Grillparty bei uns im Schwimmbad. Das sind eigentlich mehr so Pooldiskopartys. Soll so ein bisschen amerikanisches Flair haben. Wobei ich ehrlich gesagt gar nicht verstehe, was alle immer an Amerika finden. Egal. Denn bei uns sind die Partys eh nicht so wie bei denen. Oder zumindest nicht so, wie ich sie von Filmen kenne. Ich war ja noch nie dort.
Jedenfalls springen bei uns nicht die vollbusigen Mädchen in knappen Bikinis ins Wasser und es finden auch keine Orgien im Wasser statt.
Im Wasser ist eigentlich nie jemand. Kein Wunder. Wir sind ja alle gestylt, da müsste man schön blöd sein, das wieder mit Wasser zu ruinieren. Nur die älteren Jungs fallen zu späterer Stunde manchmal rein.

Ich war jedenfalls bis nachmittags wieder mit den Mädels, Jonathan und Marc im Schwimmbad.
Ich versteh mich mit den beiden mittlerweile richtig gut. Und auch Marc ist eigentlich echt nett. Es ist ziemlich lustig mit den beiden. Wir vier liegen meistens zusammen auf der Wiese. Und die beiden Jungs bringen mich auch immer nach dem Baden heim. Ich fahr' meistens bei Jonathan hinten auf dem Gepäckträger mit. Gestern auch.

Dann hab ich mich fertig gemacht, mit meinen Eltern daheim gegrillt (ach, ich liebe den Sommer und das Essen…) und mich dann auf den Weg zu Marie gemacht.
Mit ihr bin ich dann zu Nina, wo auch Lilly schon gewartet hat.
Wir sind dann bald los.
Auf der Party angekommen war gute Stimmung - wie immer. Es war erst sieben Uhr, aber das Schöne an diesen Sommerpartys ist, dass alle schon so früh kommen, weil es bei dem Wetter noch so schön warm ist.

Wir sind angekommen, haben erst einmal tausend Leute begrüßt, uns was zu trinken geholt und haben getanzt. Ich hab schon immer geschaut, wo Jonathan und Marc sind. Hab sie aber nirgendwo gesehen.
Ich hab zu den Mädels gemeint, dass ich mal schaue, wo die beiden stecken.
Also bin ich losgetigert und hab nach ein paar Minuten tatsächlich Marc entdeckt. Er stand bei Philip und den anderen aus unserer Stufe.
„Hey", hab ich gemeint und ihm freundlich in die Seite geboxt.
„Hey", meinte auch Marc und hat mir leicht auf die Stirn gehauen. Ich mag Marc. Er ist so locker drauf und versteht sogar meinen Humor.

Ich schaute mich kurz um, sah aber Jonathan nirgends.
„Hat Jonathan dich noch nicht gefunden?" fragte Marc in dem Moment.
„Nein, hat er nicht!" lachte ich.
„Hm", meinte Marc und schaute auf den Boden.
Also mittlerweile kannte ich Marc ein bisschen. Was aber hatte das jetzt zu bedeuten?
„Was ist?" fragte ich ihn auch deshalb.

Marc schaute auf und grinste.
„Ich glaube, Jonathan muss dir was Dringendes sagen", meinte er vieldeutig.
Mir wurde schlecht.
„Was denn?" fragte ich.
„Ich glaube, das weißt du" nuschelte Marc grinsend.
Ja, das wusste ich.
„Na, dann geh ich mal. Ich werd ihn schon finden!" meinte ich, nickte Marc zu und lief direkt hinter das Kioskhäuschen.

Ich wollte mich gerade auf die Bank dahinter setzen, war

heilfroh, dass niemand da war und rumknutschte und erschrak, als jemand schon dort saß.

War mir egal. Ich war geschockt, ich musste mich setzen.

Also setzte ich mich an das andere Ende der Bank und atmete erst mal tief durch. Mein Herz klopfte. Tausend Gedanken schossen mir durch den Kopf.

„Vor wem läufst du denn davon?“, fragte auf einmal der Typ neben mir.
Ich konnte nur seine Umrisse erkennen. Aber soweit das dämmrige Licht es zuließ, erkannte ich Stefan. Ein Typ aus der 9. Klasse. Kenn ihn nur vom Sehen vom Schulhof und dem Schwimmbad.

„Vor meinem Ex-Freund!“ war meine knappe und ehrliche Antwort.
Nun sah mich Stefan fragend an.

Ich holte tief Luft und meinte dann: „Er will wieder mit mir zusammen sein!“ und verdrehte die Augen.

„Und daraus schließe ich, dass du das nicht willst. Sonst würdest du wahrscheinlich freudestrahlend zu ihm rennen und ihm um den Hals fallen!“ sagte er.
„Wahrscheinlich“, meinte ich nur.

Kurzes Schweigen.

Ich dachte nach. Wahnsinn!! Vor ein paar Monaten hätte ich fast alles dafür gegeben, dass Jonathan erkennt, dass er einen Fehler gemacht hat und ich die Richtige für ihn bin. Dass ich eigentlich lustig bin, er konnte ja auch immer mit mir lachen. Aber dass ich auch lieb bin und total nett sein kann.
Und jetzt?

Irgendwie konnte ich kaum atmen, sobald ich mir klar gemacht hatte, dass Jonathan immer noch oder wieder in mich verliebt war.
Vermutlich immer noch. Denn irgendwie hat es nie so richtig aufgehört mit uns. Aber für mich schon. Ich weiß nicht. Auf der einen Seite mag ich ihn total.
Auf der anderen Seite kann ich mir nicht vorstellen, ihn noch mal zu küssen. Das ist irgendwie vorbei. Und irgendwie macht mich das traurig. Und ich kann auch gar nicht sagen, weshalb ich ihn nicht mehr will.
Aber es ist wohl schon ein schlechtes Zeichen, wenn dir jemand seine Aufwartung machen will und du davon läufst.

„Vor wem läufst du davon?“ fragte ich Stefan.
Er lachte leicht, aber nicht ehrlich.
Dann sagte er: „Vor allen!“.
Hm, das ist noch ein bisschen komplizierter als bei mir. Vor einer Person kann man sich ja noch verstecken.
Aber vor allen?

Ich schwieg betroffen. Stefan war immerhin schon sechzehn oder so. Was sollte ich ihm denn da sagen?
„Hauen wir ab?“ fragte er auf einmal.
Ich sah ihn schockiert an.

Er lachte.
„Keine Angst, ich entführe dich nicht!“ meinte er immer noch lachend.
Ich zuckte mit den Schultern. Klar.

Ich schrieb eine SMS an Marie, Nina und Lilly, dass ich schon gegangen sei und bin mit Stefan zu seinem Roller gelaufen.

Etwas mulmig war mir schon zumute. Aber Stefan sah traurig aus. Ich hatte das Gefühl, er braucht irgendwas Spontanes.
„Wohin?“, fragt er.

Ich zuckte wieder mit den Schultern.

„Also, so wie ich dich bis jetzt von der Schule und dem Schwimmbad her kannte, warst du gesprächiger!" meinte er grinsend.
Ich grinste zurück.
„Ich brenne nun mal nicht jeden Tag durch!" lachte ich.

Stefan lachte auch und dann sind wir mit seinem Roller durch die Stadt gefahren.
Irgendwann bog Stefan von der Hauptstraße ab auf einen kleinen Weg den Berg hoch. Wir fuhren zu unserer städtischen Burg.
Da war ich als Kind. Zum Spazierengehen mit meinen Eltern. Fand ich immer schrecklich.

Jetzt war es cool.

Stefan hielt oben an und wir haben uns auf die Steinmauer der Burg gesetzt, über die Stadt geschaut und erzählt. Wir wurden orange wie die Burg beleuchtet und es war unglaublich cool da oben zu sitzen und Beine und Seele baumeln zu lassen.

Stefan hat mir aber nicht erzählt, was ihn wirklich bedrückt. Er hat nur so erzählt, dass er jetzt in der Oberstufe ist, dass er unglaublich viel lernen muss, was ihn voll nervt, dass ihn seine Eltern nerven und manchmal auch die ganzen Leute, die er kennt. Die Jungs würden immer nur an Party und Weiber denken und die Mädels wären im Regelfall dämlich und hätten keine Ziele im Leben, und ich musste ihm unbedingt versprechen nicht so zu werden.
Und ich glaube, dass es das sogar war, was ihn so traurig gestimmt hatte. Das ihm einfach jeder zurzeit auf die Nerven geht.Jedenfalls saßen wir dann noch eine ganze Weile oben auf der Mauer und haben viel erzählt und gelacht. Ich hab

ihm auch alles von Jonathan erzählt. Und ich hab auch gemeint, dass Jonathan eigentlich keiner von den Jungs ist, die nur an Partys und Mädchen denken. Er meinte, „Das sehe ich auch so!". Das fand ich voll lieb.

Später hat mich Stefan nach Hause gefahren und gemeint, er holt mich heute zum Schwimmbad ab.

Und eben hupt es. Ich glaube, das ist er. Juhuuu. Bis später.

## Samstag, der 6. September

Mann, ist ja schon wieder so lange her, dass ich geschrieben habe. Aber es war auch soooo viel los:
Super Wetter – Schwimmbad, Eisdiele und an Wochenenden Pool-Party im Schwimmbad oder irgendwelche Diskopartys in den Nachbarvorstädten. Saucool.

Schlechtes Wetter – Mit den Mädels in die Eisdiele und an den Wochenenden ins Juze.

Urlaub – Einmal war Marie, dann Nina, dann Lilly und schließlich auch ich mit den Eltern weg.
Das war das LETZTE MAL!!!

Wir haben beschlossen, dass wir nächstes Jahr mit so einer Jugendfreizeit in Urlaub fahren. Denn mit den Eltern wird es ab einem gewissen Alter einfach UNERTRÄGLICH!!!!

Wir waren zum Beispiel an der Nordsee. Das ist ja schrecklich! Da ist ja immer nur Ebbe! Und wer überhaupt fährt in den Norden? Mit einer 14-jährigen Tochter???
Das ist ja wie Selbstmord! Dementsprechend habe ich auch nur rumgenörgelt. Was anderes hatte ich ja auch nicht zu tun.

Das Meer war weg und selbst wenn man sich in die Dünen gelegt hat, es war immer so windig, dass es mich fast weggefegt hätte.

Ich war sogar zu deprimiert, um Tagebuch zu schreiben. Über was denn auch?

„Heute war es wieder windig, das Meer war wieder nicht da. Meine Eltern waren wieder Fahrrad fahren. Ich habe wieder die alte Rentnerin heute Morgen auf der Straße gesehen – sonst niemanden!“ - Klingt doch fad!!!

Jedenfalls war es das auch. Aber weil sich meine Eltern doch noch vorgenommen hatten, ihren Urlaub zu genießen, organisierten sie einen Fernseher für mein Zimmer.
Ich war zufrieden.
Und weil das so gut im Urlaub geklappt hat, das Kind ruhig zu stellen, hab ich jetzt auch einen zu Hause! Bitte, geht doch!

Sonst war ich viel mit den Mädels unterwegs. Aber auch mit Stefan hab ich viel gemacht. Wir sind immer auf seinem Roller durch die Stadt gebraust, waren öfter abends mal was trinken und haben auf Diskopartys gemeinsam meinen ersten Alkohol getrunken. Wobei Stefan immer aufpasst, dass ich nur eine Flasche von diesen Alkopops trinke.
Er ist, glaub ich, der beste Freund den man haben kann. Klar, dass meine Mädels von ihm begeistert sind. Aber auch meine Mama ist ganz angetan von ihm.
Wenn ich mit ihm wegfahre, dann sagt sie nie, wann ich wieder zu Hause sein soll. Man merkt Stefan an, dass er ein ganz korrekter Junge ist, obwohl er voll cool ist und ganz angesagt in der Schule. So Jungs gibt’s nicht viele.

Jonathan ist etwas eifersüchtig, aber das würde er natürlich nie zugeben. Und mir ist es Recht. Das Gespräch ist auch nie

zustande gekommen, dass er wieder mit mir zusammen sein will – Gott sei Dank. Denn nach dem Abend bei der Poolparty war irgendwie nicht mehr die Gelegenheit.
Aber ich war nach wie vor viel mit Jonathan und Marc unterwegs. Es ist so viel los bei mir – so viele Freunde. Das ist mehr wert als irgendeine Beziehung!!

**Samstag, den 20. September**

Buäh. Die Schule hat uns wieder. Aber braungebrannt sind wir alle noch – immerhin! Trotz Nordsee war es der schönste Sommer meines Lebens. Ich glaub, ich hab selten so viel gelacht und so viel unternommen – warum musste das nur wieder aufhören?

**Montag, den 18. November**

Meine Oma meinte gestern, ich solle mal wieder Tagebuch schreiben. Das würde mich beruhigen.
Nur weil ich gelegentlich noch etwas ausflippe?
Also, da ist Lilly schlimmer. Oder Nina. Und Marie ist auch nicht besser. Das ist halt mal so. Ich bin immerhin 14!

Aber in einem Punkt hat sie recht: Ich könnte wirklich mal wieder mehr Tagebuch schreiben. Es macht ja Spaß und endlich mal niemand, der mir reinredet!
Nicht so wie meine Eltern, die ständig meinen, mir noch in mein Leben rein pfuschen zu müssen. Als ich noch in der Pubertät war, habe ich das ja noch verstanden. Aber heute…?
Aber sie halten sich weiter an ihre elterliche, übrigens ja wohl schon längst überalterte Ausrede: Solange ich die Füße unter ihren heißgeliebten Massivholztisch stelle, tue ich nur das,

was sie mir sagen.
Und weil das kaum noch zieht, macht mir mein Vater immer unmissverständlich klar, dass ich mir ja grad mal meinen Führerschein, aber ganz bestimmt keinen Roller leisten kann.
Nachdem Nina ihren Führerschein angefangen hatte, haben es mir meine Eltern trotzdem nicht erlaubt. Dann aber kam Stefan und hat mit meiner Mutter geredet – jetzt darf ich. Ich liebe gute Freunde!
Und jetzt darf ich bald die Stadt unsicher machen. Dauert leider nur noch ein bisschen. Und wenn es Ende Januar dann auch soweit ist und ich 15 werde, dann darf ich nur 25 km/h fahren. Dass man den Führerschein für eine 50-er erst mit 16 machen kann, find ich etwas unfair. Was ist mit 16 anders als mit 15??

Nina hat es da besser. Sie hat ihren Führerschein schon. Seit 4 Wochen!
Das ist sehr praktisch. Besonders an den Wochenenden. Wenn wir in die Eisdiele wollen muss Nina halt immer drei Mal fahren, denn wir sind zu viert und sie darf ja nur jeweils eine mitnehmen.
Bis wir alle in der Eisdiele sitzen, müssen wir allerdings meistens schon wieder anfangen, eine nach der anderen heimzufahren.
Ist trotzdem lustig. Lange bleibt uns aber das Vergnügen nicht mehr, denn Nina muss ihren Roller über den Winter wieder abmelden. Im Schnee lässt sich‘s damit nicht so gut fahren, hab ich mir sagen lassen. Deshalb kann ich zwar meinen Führerschein im Januar machen, aber fahren kann ich erst ab April, wenn das Wetter wieder besser ist und ich dann den Roller anmelden kann.

Lilly und Marie machen ihren Führerschein zusammen mit mir. Wir sind alle gleich begabt.
Besonders, wenn‘s um die goldenen Regeln der Verkehrseinhaltung geht.

Lilly rafft das mit den Vorfahrtsschildern nicht, Marie das mit den Fußgängern nicht und ich das mit rechts vor links nicht.
So ein Schwachsinn!
Wieso nicht überall Ampeln oder wie in Frankreich, überall Kreiselverkehr? Das check ich auch!
Aber das ist noch gar nichts im Vergleich zu unseren technischen Problemen!
Lilly bremst immer, sagen wir mal, dezent stark ab und Marie versteht das mit Gas und Kupplung nicht.
Aber im Prinzip bin ich davon überzeugt, dass wir unseren Lappen, der nebenbei bemerkt, heutzutage keiner mehr ist, sondern ein Kärtchen, irgendwann mal in unseren Händen halten.

Zuerst wollte uns Joe, unser Fahrschullehrer, ja davon abhalten, schon so früh mit unserem Führerschein anzufangen. Aber wir haben gesagt, dass wir mit Nina befreundet sind und uns alle sehr ähnlich sind. Er hat sofort verstanden, ne Sonderversicherung abgeschlossen und dann zusammengerechnet, ob es sich lohnt, uns das Fahren beizubringen und die Hälfte davon wieder für Melissengeist auszugeben.
Es lohnt sich anscheinend.

Und Nina hat es schließlich auch geschafft! Und sie würde ich, ohne sie beleidigen zu wollen, für ein bisschen unfähiger einschätzen.
Sie hat aber immerhin auch anderthalb Jahre dafür gebraucht. Wir sind erst seit drei Monaten dabei. Haben im Sommer angefangen. Und dürfen immerhin schon fahren. Bei Nina hat das länger gedauert.

**Dienstag, den 19. November**

Also manchmal weiß man echt nicht, was man so will vom Leben. So geht's mir zumindest gerade.
Obwohl - eigentlich weiß ich was ich will: Einen Job der mir Spaß macht und bei dem man viel Geld verdient, ein Haus, ein Porsche und einen Jeep, außerdem ne Putzfrau und ne Köchin.
Nämlich mal ganz abgesehen davon, dass ich nicht kochen kann, schmeckt es bei mir nämlich nicht, und Kochen macht auch keinen Spaß!
Und natürlich brauche ich einen Mann, der gut aussieht, groß und schlank und braun gebräunt ist. Aber bitte keine Solariumbräune! Igitt! Scheiß auf den Metromann!
Dann muss er Geld haben, um mich auszuführen. Und er muss mich natürlich abartig lieben.

Ich weiß auch nicht, warum mich das plötzlich reizt. Bis jetzt war es mir eigentlich egal.
Ich dachte, der Richtige kommt schon irgendwann zum richtigen Zeitpunkt. So sagt das jedenfalls immer meine Oma.

Aber gestern war ich mit Nina, Lilly und Marie Kaffee trinken.
Und so saßen wir in unserem Stammcafe und haben die einzelnen Frauenprobleme diskutiert.

Da läuft es bei uns allen irgendwie noch nicht so richtig. Marie gefällt zurzeit jeder, aber nie einer für eine Beziehung. Nach einem Date stellt sie sich immer die Frage, ob er der Richtige wäre, um ihre zukünftigen Kinder mal zu ernähren. Die Antwort ist meistens nein!

Lilly ist davon überzeugt, dass sie bald Thomas flachlegt. Deswegen kauft sie auch schon ständig Dessous ein. Mann, die beiden hatten noch nicht einmal ein Date! Thomas weiß

auch noch gar nichts von seinem Glück. Aber Lilly ist davon überzeugt, dass sie ihn bald rumkriegt. Sie seien füreinander bestimmt. Ich hab sie nur gefragt, ob er der Topf oder der Deckel sei.
Schließlich sagt meine Oma immer, auf jeden Topf passt auch ein Deckel!
Und was sie darstelle. Lilly hat gesagt, sie sei eine Prinzessin, die auf die Befreiung aus der bösen Singlewelt von einem bezaubernden Prinzen wartet.
Hm, na gut, wenn sie meint. Und nebenbei bemerkt: Ich glaube, sie hat zu viel „Sex an Theo City“ gesehen.

Nina ist sich nicht sicher, welcher Mann ihr gut gefällt. Ihr gefallen irgendwie alle. So macht sie das auch: Wenn ihr einer gefällt, dann baggert sie ihn dermaßen an, das es immer schon fast peinlich ist. Aber so ist sie halt unsere Nina: Unverfänglich und direkt.

Direkt sagte Nina dann auch zu mir, dass mein Leben total langweilt. Nachdem Jonathan und ich im Sommer Schluss gemacht hätten, würde ich nur von Justin Bieber was mir wohl nicht zu verdenken ist, bei solch einem Mann.
Was will sie? Jonathan war nun mal mein erster Freund. Wir haben uns echt gut verstanden und ich denke mir heute immer noch, dass es schade ist, dass es schief gelaufen ist. Aber er hatte ausgerechnet mit der Kuh Stefanie rumgeknutscht
– das ist nun mal ein echter Liebeskiller!
Und wir verstehen uns ja immerhin noch sehr gut. Auch wenn wir uns kaum noch sehen, seit die Schule angefangen hat. Ich habe ja auch erst mal eine ganze Weile gebraucht, um das zu verarbeiten. Ich meine, die anderen hatten ja noch nie einen Freund! Da wissen die doch nicht, was es heißt, verlassen zu werden! Nina konnte das natürlich am allerwenigsten verstehen. Die hockt ja auch jede Woche bei, nem anderen rum! Und dann meinte sie auch noch, ich wäre ich viel zu wählerisch - beim Umgang mit Männern jedenfalls.

Nina meinte, ich wäre doch auch nicht so wählerisch mit meinen Socken.

Toll, vergleich mal Männer mit Socken! Ich klau mir meine immer aus der Schublade von meinem Vater. Socken meine ich, Jungs hat er da leider keine, soweit ich jedenfalls weiß.

Socken kaufen ist aber einfach immer so peinlich. Fast genauso peinlich, wie Klopapier kaufen.
Vielleicht finde ich ja deshalb keinen Jungen mehr, der mir gefällt?!
Weil es mir peinlich ist die richtige Marke und Größe auszuwählen.
Außerdem will ich nix zahlen. Das ist sein Job!

Aber egal, tsss, war mir doch egal was Nina denkt.

Bei einer Tüte Flips dachte ich abends vor dem Fernseher darüber nach, was Nina gesagt hatte.
Also gut, dann werde ich mich eben auf die Suche nach einem Mann machen. Er muss ja nicht gleich alles besitzen, ein bisschen Geld zum Ausführen und gut aussehen.

Und natürlich braucht er Anstand und Witz. Außerdem muss er mit mir in die Oper, ins Kino, in die besten und in die schlechtesten Clubs gehen.
Nicht dass ich jemals in der Oper oder einem richtigen Club gewesen wäre, aber es geht ums Prinzip. Man muss ja auch mal an die Zukunft denken!

Er muss im Anzug total cool aussehen und ansonsten coole, lockere Hosen tragen. Außerdem sollte das Haar kurz und cool gestylt sein. Er muss mit mir GZSZ gucken wollen und sich mit mir auf Partys so richtig die Kante geben. Ein BMW oder Mercedes wäre später auch mal nicht schlecht.

Aber das reicht auch fürs erste. Das kann doch nicht so schwer sein! So Männer gibt es bestimmt irgendwo für mich. Ich muss nur noch das Nest ausfindig machen. Immerhin passt auf jeden Topf ein Deckel. Auch auf meinen! Ich begebe mich jetzt auf die Suche... Nicht, weil Nina das gesagt hat, sondern weil ich das will.

**Mittwoch, den 20. November**

Gleich heute habe ich mich auf die Suche nach meinem Traummann gemacht. Ich hatte darüber nachgedacht was Nina über mein langweiliges Männerleben denkt und beschlossen, dem ein Ende zu setzen.

Wenn man einen Partner will, muss man nur die richtigen Locations ausmachen. Also, was will ich für einen Mann - da muss ich hin!
Zuerst muss man nämlich überlegen was für einen Mann Frau will und ihn dort suchen.

Also zuerst einmal, will ich keinen Mann sondern einen Jungen! Männer sind alt, haarig und uncool. Will man sich nun aber einen reichen Jungen angeln, geht man zum Beispiel auf ein Golfturnier. Aber die dort sind mir zu lahm. Ich brauch einen mit Temperament!

In der Schule sind in meiner Klasse leider alle zwar mittlerweile ganz nett, aber die Fürze stecken sie sich immer noch an und hoffen auf Stichflammen! Also bitte! Und die älteren sind langweilig, tragen uncoole Hosen und haben eh nur Augen für Mädels über 16. Da liege ich locker drunter!

## Mittwoch, den 20. November, später

Ich bin eben noch mal über den Wochenmarkt gelaufen, um meiner Mutter mal wieder einen Gefallen zu machen - na gut, sie hat mich dazu gezwungen.

Jedenfalls war da auch ein ganz süßer Junge einkaufen. Der ist aber nach der ersten Musterung gleich wieder ausgeschieden. Er hatte einen Einkaufskorb bei sich! Total unmännlich!! Das lässt auf folgendes schließen: Also entweder ist er bereits fest vergeben oder noch für seine Mutter einkaufen. Beides kommt auf jeden Fall nicht in Frage!

Also hab ich weiter die Augen aufgehalten. Am Obststand war dann aber echt ein total Süßer. Er war groß, braun und hatte haselnussbraune Augen. Ich wusste sofort, den oder keinen!
Dumm war nur, dass ich ihn nicht verstand. Er hat irgendwie nur so italienisch oder spanisch gesprochen.

Gut, kurz darauf bin ich wirklich deprimiert gewesen. Keinen Mann gefunden. Toll! Aber vielleicht sollte ich es jetzt auch nicht gleich überstürzen?!
Langsam angehen. Immerhin hat es mich die ganze Zeit auch überhaupt gar nicht interessiert. Beziehungskisten und so.
Aber Nina hat mich echt auf den „Hilfe-ich-hab-keinen-Mann-aber-Torschlusspanik-Trip“ gebracht.
Aber Hallooo!
Ich bin ja schließlich auch erst 14. Und wer hat da schon einen Freund, geschweige denn den richtigen?

Denn eigentlich hab ich bis jetzt ja auch ganz gut ohne Jungen gelebt. Und die letzten Monate waren wirklich besser, als beispielsweise der Hickhack mit Jonathan. Auch wenn es echt auch schöne Momente gab. Im Wesentlichen hat man mit Jungs, glaub' ich, mehr Probleme als ohne!

Wieso sich eigentlich auf einmal so mit Gewalt ändern? Hab doch meine Mädels.

Ich war wieder zufrieden mit mir selbst, lief zur Straßenbahnhaltestelle und hatte eine Fata Morgana.
Ein Junge von unbeschreiblicher Schönheit. Groß, schlank, braun - alles was ich wollte.
Gut angezogen, Fußballerfigur.

Ich war erstarrt.
Und das mit meinem Einkaufskorb in der Hand! Das Leben zog an mir vorüber wie in Zeitlupe.

Er lief an mir vorbei, sah mir von weitem schon tief in die Augen und fing an zu lächeln. Jetzt bloß cool bleiben, dachte ich mir.

Ganz locker wollte ich an diesem einzigartigen Vorkommnis vorbeilaufen, als ich an etwas hängen blieb. Es schmerzte an meinen Oberschenkeln, drückte meinen Einkaufskorb an meinen Bauch, so dass ich kaum noch Luft bekam.

Ich wusste gar nicht, wie mir geschieht. Er riss erschrocken die Augen auf und fragte mich, ob alles in Ordnung sei.

Oh Mann, was auch immer das gerade war: Autsch!

Egal.

Ich hatte die Chance mit ihm zu reden, mit ihm in Kontakt zu kommen, ihn zu lieben, heiraten, Kinder, Rentner, Enkel...
Dumm war nur, dass ich mir doch grad erst vorgenommen hatte, dass Jungs mir doch wieder egal sind. Außerdem war mein Körper ganz aufgewühlt vor Schreck. Also meinte ich dann wohl ein bisschen schnippisch: „Klar doch!“.

Er guckte noch kurz dumm, meinte dann „Gut. Bis zum nächsten Mal. Aber dann brauchst du ja nicht wieder gegen so einen kleinen Eisenpfosten zu rennen. Das sah ziemlich schmerzhaft aus.“.
Hä, was faselte der denn da?

Damit nickte er mir noch mal zu und lief weiter. Und nach einer halben Ewigkeit verblüfftem und erstarrt dummen Rumstehen kapierte ich auch, was er meinte:

Ich war voll gegen einen Pfosten der Fußgängerzone gelaufen! Einer von diesen Kleinen, damit Autos nicht reinfahren können. Toller Auftritt!

Mein erster Tag auf Männerjagd war doch echt gut verlaufen. Ich hatte die Schnauze voll und bin heim. Liebesfilme gucken. Hollywood kann eindeutig bessere Lovestorys fabrizieren als ich...

## Donnerstag, den 21. November

Gestern hab ich mich nach der Schule mit Marie im Café getroffen. Wir haben eigentlich nur über die nervige Schule gesprochen. Doch dann kamen Lilly und Nina. Lilly hat uns ihre neueste Errungenschaft gezeigt. Ein neues, durchsichtiges Glitzeroberteil. Für die Diskothek ganz nett dachte ich. Nicht mein Ding, aber ganz nett.
Doch dann offenbarte uns Lilly, dass sie das am kommenden Samstag tragen würde. Da war nämlich wieder Heimspieltag. Thomas, auf den es Lilly abgesehen hat, der aber übrigens ja nichts davon weiß, spielt Fußball.
Und deshalb muss seit Wochen immer mindestens eine von uns mit auf den Sportplatz kommen. Ich ging meistens mit. Wegen der leckeren Bratwürste, die man da bekommt. Echt,

eine der besten, die ich je gegessen habe.

Die Jungs sind da aber eher so mittelmäßig. Die, die mir gefallen, sind entweder schon vergeben oder total eingebildet oder baurig. Wie heißt es ja aber so schön, Jungs sind wie Klos, entweder besetzt oder beschissen.

Nina hingegen berichtete mal wieder von einer neuen Flamme: Heiko aus dem Sportladen. Nina hatte sich ein neues Aerobic-Outfit zugelegt und da war Heiko.

Mit dem hatte sie auch noch gestern Abend eine Verabredung. Au Mann, gleich am ersten Tag - das hält ja nicht mal drei Tage.

Ich hab halt irgendwann auch von meinen, zugegebenermaßen kläglichen Versuchen, einen Mann zu finden, erzählt. Der auf dem Markt Einkaufende mit dem Mamakorb, der süße Obstverkäufer ohne Deutschkenntnisse und der Tolle, bei dessen Begegnung ich gegen einen Eisenpfosten gelaufen bin. Super Ausbeute. Marie fasste das Ganze aber anders zusammen: „Einen Mann, der dich nicht versteht, einer der hauswirtschaftlich begabt ist und einer der dich voll auf die harte Stange laufen lässt. Ich würde sagen, erstklassige Auswahl! Kannst dir je nach Stimmung einen Mann aussuchen.“

Haha, aber na ja, von dem Standpunkt hatte ich es eigentlich noch gar nicht betrachtet. Eigentlich waren das doch die idealen Voraussetzungen eine Frau glücklich zu machen!

Aber das mit der Stange fand ich echt peinlich. Der Typ findet mich jetzt bestimmt total ätzend und für ein bisschen dämlich hält er mich bestimmt auch.

Nina argumentierte dann, ich solle nicht partout etwas wollen, was ich nicht wolle. Ich wusste sofort, was sie meinte. Sie meinte, ich wolle gar nicht wirklich einen Freund, deswegen würde ich keinen finden.

Nina nannte den letzten, der, wegen dem ich an die Stange gerannt bin und heute überall blaue Flecken habe, dann ganz schnell den „Anti-Stangen-Retter".

Ich war beleidigt. Marie meinte, das wäre doch ein Kompliment für ihn. Wer wolle schließlich schon vor einer Stange gerettet werden.
Also echt, die haben Probleme.
Ich war froh, als ich dann im Bett lag und Fernsehen gucken konnte.

Ich hab beschlossen, mir darüber keine Gedanken mehr zu machen.
Mein Oma sagt immer: „Es kommt sowieso nie so, wie man denkt!" Genau. Also, wozu planen, entweder es passiert, oder eben nicht.
Passiert ist an dem Abend noch etwas, was ich nicht gedacht hätte: Ich hab meine Cola umgeworfen. Jetzt ist die Couch voll schmutzig und der Boden voll klebrig. Na ja, wenn jetzt einer vorbei kommen würde, dann bleibt er wenigstens gleich hängen!!

**Freitag, den 22. November**

Wochenende! Endlich!
Aber irgendwie weiß ich gar nicht genau, was ich machen soll, und das, obwohl ich eigentlich ausgeplant bin. Ich soll mit Lilly zum Fußball gehen. Warum nur? Wegen Thomas. Dann wird sie ihr neues Glitzeroberteil tragen. Das Durchsichtige. Ich hab ihr ge-stern gesagt, sie solle das lassen. Aber nööö.

Ich sag ja nur: sie wird sich sonst was abfrieren! Immerhin haben wir Ende November. Außerdem hat sie keine Ahnung, was Fußball betrifft. Das hat sie gestern mal wieder bewiesen.
Lilly, Nina, Marie und ich waren zum Kino verabredet. Bevor Nina und Marie da waren hab ich mich noch kurz mit Lilly unterhalten. Ich kenn mich ja ein bisschen aus mit Sport. Ich hab sie gefragt, was sie eigentlich vom Spiel Deutschland gegen die Niederlande gehalten hat. Weil wir das ja doch 1 zu 3 verloren haben.
Lilly meinte wohl, es ginge dabei um einen Designer-Contest. Sie sagte, alles, an was sie sich erinnern könnte, wäre diese auffällige Farbe der orangefarbenen Trikots. Das wäre schon ein viel besseres Omen als es die Deutschen hätten. Das langweilige Weiß würde nicht motivieren. Orange aber macht munter und sorgt für Power und den Sieg. Na ja, gewonnen hatten die Orangenen ja...

Nun war sich Lilly aber plötzlich nicht mehr sicher, ob sie das Glitzeroberteil tragen sollte. Fieberhaft versuchte sie herauszufinden, ob nicht vielleicht orange doch die bessere Farbe wäre. Denn dann würde sie powervoll und munter wirken. Damit würde Thomas sie vielleicht endlich mal entdecken. Ich habe sie gefragt, warum sie nicht einfach mal mit ihm spricht. Sie zog die Augenbrauen hoch und sah mich abschätzend an.

„Süße", sprach's aus ihrem rot umrandeten Mund, „das ist doch viel zu banal!"
Ach ja, aber sich seit Monaten auf dem Fußballplatz rumtreiben. Als ob das nicht auffällt, wenn Lilly jedes Mal mit einer anderen von uns bei den Spielen auftaucht.

Thomas spielt in einer anderen Mannschaft und wir haben ihn natürlich alle lauthals angefeuert. Lilly wurden auf einmal rot und ganz still. Sie hatte Thomas entdeckt – in der

gegnerischen Mannschaft. Lilly hat dann erst mal gar nichts mehr gesagt. Aber ich musste dann sofort Stefan über die Nr. 7 ausfragen. Stefan kannte ihn sogar. Na ja, er wusste, dass er Thomas heißt und 16 ist.
Für Lilly war es Liebe auf den ersten Blick. Für Thomas eine Verletzung. Er wurde gefoult, musste vom Platz und hat bis jetzt noch nie was von Lillys Schwärmereien mitbekommen.

Obwohl über uns bestimmt schon heftig getratscht wird mittlerweile. Wir gehören ja schon fast zum Inventar der Heimspieltage. Da heißt es vielleicht nur noch: „Wo sind denn die Groupies?", und kaum ausgesprochen tauchen wir natürlich schon wieder auf.

Hach, langweilig. Mich nervte das Geschwätz von Lilly. Deshalb erzählte ich lieber nichts von meinen Schwärmereien. Sowieso, ich hatte ja nichts zu schwärmen. Das einzige über das ich manchmal nachdachte, war dieser Typ. Der Anti-Stangen-Retter, wie ihn Nina nannte.
Er ging mir nicht mehr aus dem Kopf. Wie ich einkaufen war, auf der Suche nach einem Mann. Und nach einer vergeblichen Suche nach einem Mann es aufgegeben hatte, als er in mein Blickfeld trat. Und ich in den siebten Himmel schwebte. Solange jedenfalls, bis ich vor lauter Begeisterung und Unachtsamkeit gegen einen Eisenpfosten in der Stadt lief.
Toll, Nati spielt Hans-guck-in-die-Luft. Den konnte ich mir jetzt abschminken. Was für ein peinlicher Auftritt.
Ich war grad wieder so schön dabei, mich über mich selbst zu ärgern, als Marie und Nina eintrafen.
Lilly hatte die ganze Zeit über Orange und Power vor sich hingeplappert.
Ich war irgendwie zu tief in Gedanken versunken. Wir bestellten uns Karten für einen Film, den ich nicht mit ausgesucht hatte und ganz nebenbei hab ich gar nicht mitbekommen, um welchen Film sich die Mädels gestritten haben. Wir

kauften unsere Karten, begaben uns gemächlich im Gänse-Gacker-Typisch-Mädel-Sauseschritt mit dem Popcorn zur Kasse. Es war ziemlich voll in dem Kinogang. Ich registrierte gar nicht alles. War noch versunken in meine Gedanken an den Anti-Stangen-Retter. Und gerade als ich noch so darüber nachdachte, hab ich ihn gesehen. Mitten im Kino. Er lief die Treppen zu einem Kinosaal hoch.

Erst machte ich mir Sorgen um mich selbst. Das konnte ja nicht wahr sein, meine Einbildung übertraf echt alles. Ich dachte schon immer, es sei tragisch, wenn ich mir vorstelle mit Justin Bieber verheiratet zu sein. Aber der Mann hier war so real.

Und dann erst kapierte ich, dass das gerade echt war. Er war wirklich da!!! Was sollte ich jetzt machen?? Er verschwand auf der Treppe um die Ecke und ich musste meinen Mädchen in einen anderen Kinosaal folgen.

Wo soll ich ihn bloß wieder sehen? Nach dem Ende unseres Films versuchte ich so unauffällig wie möglich und so lange wie es nur ging noch im Kino zu bleiben. Aber ich sah ihn nicht wieder.

Was kann ich nur tun um ihn wieder zu sehen? Ich kann ja schlecht jetzt jeden Tag im Kino rumlungern. Wobei, es ist ja Wochenende, und ich hab ja jede Menge Zeit. Vielleicht schau ich mal vorbei, so ganz kurz, mittags und abends, man muss ja auch mal raus aus dem Haus. Hoffentlich treffe ich ihn irgendwo am Wochenende, sonst wär's echt zum Davonlaufen.

## Samstag, den 23. November

Soll ich jetzt echt zum Kino laufen? Ist ein bisschen peinlich oder? Außerdem, seien wir mal ehrlich: Wer geht denn Freitagabend und am Samstagmittag gleich wieder ins Kino?? Eben. Schade.

## Samstag, den 23. November, später

Lilly hat angerufen. Ob ich denn nachher mitkomme zum Fußballspiel. Meinetwegen. Vorher muss ich aber schnell noch Hausaufgaben machen. Hätte ich fast vergessen. Aber Marc hat angerufen und gefragt, ob ich Mathe schon gemacht habe.
Ich sagte, das hätte ich fast vergessen.
„Aber du machst sie doch noch, oder?“ fragte er.
„Ja, klar“ meinte ich unbegeistert.
„Prima, dann schreib ich sie am Montag bei dir ab!“.
Jungs haben echt Nerven.
Seit Jonathan nicht mehr in unserer Klasse ist, hält sich Marc mit dem Abschreiben einfach an mich. Genauso wie die Mädels. Können die eigentlich nicht auch mal die Hausaufgaben selbst machen?
Ich schnaufte nur und meinte „Klar!“.
Marc bedankte sich und fragte, ob wir uns heute Abend im Juze sehen würden. Er würde mit Jonathan kommen und mich dann als Dankeschön auch auf ne Coke einladen.
„Ich denke schon, dass wir kommen!“ sagte ich.
„Außer natürlich, du machst was mit deinem Freund!“ meinte Marc frech.
„Stefan ist nicht mein Freund! Er ist ein Freund!“ antwortete ich.
„Ich weiß“ sagte Marc grinsend.
Jungs!!!

Also, jetzt mach ich erst mal Hausaufgaben und dann gehe ich zum Fußball, später ins Juze und morgen treff' ich mich wahrscheinlich mit Stefan. Na, geht doch. Jetzt weiß ich, was ich alles zu machen habe...

**Sonntag, 24. November**

Lilly wollte ja unbedingt ihr Glitzeroberteil bei Thomas vorführen. Also haben wir uns samstags auf den Fußballplatz begeben, damit das junge Ding seinen Schwarm beobachten kann. Jawohl, beobachten!!
So funkt das nie!
Ich dachte eigentlich, jetzt wollte Lilly mal ein bisschen Einsatz zeigen. Aber irgendwie tat sie das nicht so wirklich. Vielleicht lag das aber auch daran, dass sie doch nicht Glitzer sondern Orange trug.

Im Prinzip war's aber eh egal was Lilly trug, sie musste ja ne Jacke drüber tragen...
Lilly hat mich komplett gelangweilt. Sie hat sich mal wieder hinter einer Säule versteckt und Thomas nur aus der Entfernung betrachtet.
Ich bin in das Clubhaus, um mir ne Bratwurst zu holen. Beim Rein spazieren kommt man an den Umkleidekabinen der Herren vorbei. Das ist immer der beste Moment an den Fußballplatztagen.
Ich wusste nur, dass Samstag Derby ist. Das heißt, es geht gegen das Nachbarstädtchen. Und das muss natürlich Sieg bedeuten. Es geht ja schließlich um die Ehre!!

Es war noch vor Spielbeginn, als ich mich in das Gebäude begab, um schon die erste Bratwurst zu mampfen. Das ging heute ja schon früh los. Kein Wunder, dass ich immer mehr auf die Hüften bekomme.

In dem Moment öffneten sich die Umkleidekabinen und ein Haufen Jungs lief mir entgegen. Irgendwie war ich etwas geschockt und unvorbereitet. Wer konnte schon damit rechnen, dass einem so ein Fluss von Fußballern entgegenkommt, auf dem Weg zu einer Bratwurst?! Ich fühlte mich, als ob ich gegen den Strom schwimmen müsste.

Vor mir, hinter mir, neben mir, auf einmal waren sie überall. Und in der Mitte stand Klein-Nati und versuchte fast vergeblich ihr Gleichgewicht zu halten. Irgendwie kam ich mir echt störend vor, die Jungs machten ein angespanntes konzentriertes Gesicht, manche warfen sich Neckendes an den Kopf. Die kannten sich bestimmt, immerhin waren es quasi Nachbarn.

Als der Strom vorüber war, hatte ich keine Lust mehr auf Bratwurst. Mein Magen war zerquetscht.
Ich ging zermürbt wieder raus zu Lilly und platzierte mich neben sie. Ich konnte sie sogar schließlich davon überzeugen, dass es ein bisschen blöd war, hinter der Säule zu sitzen.
Erstens würde Thomas jetzt eh nicht nach ihr gucken, der war viel zu beschäftigt mit dem Spiel, und zweitens sieht sie ja sonst gar nichts...
Lilly musste mir irgendwie Recht geben. Also begaben wir uns ein paar Schritte vor die Säule und lehnten uns an die Absperrung.

Etwas gelangweilt nahm ich den Anpfiff wahr. Mich interessierte es eigentlich nicht wirklich. Lilly hielt die ganze Zeit meine Hand, um ihre Anspannung irgendwo loszulassen. Sie hatte die ganze Zeit Angst, dass Thomas etwas passieren könne, und dann wäre sie quasi die Frau eines verletzten Fußballers...
Das Spiel neigte sich an diesem sonnigen Samstag langsam dem Ende zu. Die zweite Halbzeit war kurz vor ihrem Beginn. Es waren ein paar neue Spieler dabei, die sich für diese Spielzeit warm zu liefen. Es stand immerhin noch Null zu

Null. Und das im Derby! Da musste also noch was passieren!
Auf einmal traute ich kaum meinen Augen! Da war mein Anti-Stangen-Retter!
Wie aus dem Nichts stand er auf einmal auf dem Platz und begann sich warm zu laufen. Das Spiel für ihn begann. Ich hielt den Atem an. Was, wenn ihm was passieren würde?
Dann wäre er verletzt und würde mich vielleicht nie entdecken.
Unser Schicksal wäre verbaut. Keine Kinder, keine Hochzeit, keine Liebe...
Ich war fast dabei zu Hyperventilieren, als sich irgendwie alles zum Guten wendete. Ich begann von ihm und mir zu träumen. Lilly schrie irgendwas mit „Achtung!". Dann tat's einen Schlag an meinem Kopf und ich fiel in einen Wattebausch voll mit Schlaf.

Am Abend öffnete ich die Augen. Da war bereits der Samstag kurz vor seinem Ende. Ich sah einem Mann in die Augen. Ihh, der Anti-Stangen-Retter sah von weitem viel besser aus. Aber da meinte der etwas ältere Herr über mir, er sei Arzt, faselte irgendwas von Ball und Gehirnerschütterung. Mir war's egal. Ich träumte einfach weiter. Begriff, dass ich in meinem Bett lag und somit war doch alles gut.
Dann schlief ich wieder ein. Eben bin ich aufgewacht und frage mich die ganze Zeit, was jetzt wohl passiert ist. Und wenn mir jetzt mein Schädel nicht so brummen würde und mir einfallen würde, wer ich bin und warum in aller Welt mir die Telefonnummer von Lilly nicht mehr einfällt, dann würde ich sofort aufstehen und mir alle Fragen von irgendjemand beantworten lassen.

## Montag, 25. November

Also, ich weiß jetzt, was ich habe. Meine Gedanken sind wieder klarer geworden. Meine Mutter hat mich aufgeklärt.
Ich habe eine Gehirnerschütterung. Toll, ich finde, ich bin echt talentiert.

Ich weiß zwar nicht mehr alles und was genau passiert ist, aber das Wesentliche: Ich hab ihn wieder gesehen. Der Junge, der mich an die harte Stange laufen ließ. So wie Nina das ausdrückte...

Mitten auf dem Fußballplatz war er da, als mich Lilly mal wieder überredet hat, ihren tollen Thomas zu beobachten, wenn er dem Ball hinter hechtet. In diesem männlichen Balzritual namens Fußball! Und ausgerechnet da entdecke ich meinen Herzensmann, träume von unserer Zukunft, und, was passiert?
Mir schießt jemand den Ball an den Kopf und ich donnere rücklings gegen die Säule. Genau gegen die, hinter der sich Lilly die ganze Zeit versteckt hatte. Weil sie ja Thomas beobachten wollte, aber Angst hatte, dass er sie dann sieht.
Und nur weil sie mir glaubte, dass das ein bisschen dumm war hinter einer Säule rumzuhocken, wenn man sich einen Typen schnappen will, bin ich dagegen gekracht!

Aber das Beste kommt ja erst noch:
Lilly kam heute vorbei, um mich armes krankes Kind zu besuchen.
Und, was muss ich mir anhören??? Statt netter Genesungswünsche schimpfte sie doch tatsächlich mit mir. Was mir einfallen würde, das wäre ja wohl eine Frechheit, so die Aufmerksamkeit auf mich und damit auch auf sie zu lenken. Denn schließlich kam der Ball mitten aus dem Spiel und die Spieler haben den Flug des Balles verfolgt. Und damit auch meine leichte Auseinandersetzung mit dem weißen Teil mitbekom-

men. Und als ich dann wortlos zusammengekracht bin, stand Lilly ganz alleine da. Vor der Säule! Mit einer ohnmächtigen Freundin, die sie eigentlich decken sollte.
Stattdessen stand sie jetzt im Mittelpunkt. Und das war jetzt wirklich das letzte was sie, in ihrem Plan sich Thomas zu angeln, wollte.

Also leisteten alle Erste Hilfe, während Lilly neben mir stand und sich schämte. Tolle Freundin, und haalloooo, ich hab das ja nicht für extra gemacht. Als ob ich unbedingt mal auf dem Fußballplatz zusammenklappen wollte...

Aber Lilly war richtig sauer. Denn jetzt war sie schließlich aufgeflogen. Also, dass sie immer zum Fußballplatz ging, nur um diesen Typen zu beobachten, für den sie schon die Weihnachtsgeschenke kauft und ihn noch nicht einmal kennt.
Ich hab zu ihr gesagt, ihre Deckung sei gar nicht aufgeflogen, die war nämlich nie da.
Spätestens seit dem Tag, an dem sich Lilly lautstark über ein Tor von Thomas freute, und um sie herum alles mucksmäuschenstill war oder höchstens ein paar schimpften. Thomas hatte zwar getroffen, aber er war Libero, also hatte er ins eigene Tor geköpft.
Spätestens ab da war Lilly etwas bekannter auf dem Platz.
Aber sauer war sie jetzt trotzdem. Ihr war es peinlich, dass ich vom Ball getroffen wurde.

Und wer bitte fragt mich? Aber so ist das ja immer...

Lilly ist dann beleidigt abgezogen. Nina und Marie kamen dann noch kurz vorbei und waren ganz lieb. Marie meinte, Lilly hätte Samstagabend stundenlang geheult, weil sie sich Vorwürfe gemacht hatte, dass sie mich mitgeschleift hatte und ich jetzt verletzt bin. Das hat mich wieder versöhnt.
Und Nina hat mir den neuesten Klatsch aus der Schule erzählt. Und mir einen Zettel von Marc gegeben: „Hey Sump-

feule“, stand da drauf. „Wenn du keine Lust hast, mir Mathe zu geben, dann sag‘s einfach und mach nicht krank :-). Gute Besserung – bis bald Marc“.
Ich lachte. Nett.
Irgendwann bin ich aber einfach eingeschlafen. Bin noch ganz schön fertig. Jetzt hab ich bis heut früh direkt mal durchgeschlafen. Das heißt, ich weiß gar nicht, was ich jetzt so gut ausgeschlafen tun soll. Vor mir liegt ein trister Tag im Bett, mit einer Gehirnerschütterung und einer überbesorgten Mutter, die ganz nebenbei was falsch verstanden hat!
Sie schüttet mir die ganze Zeit so viel Tee in meinen Bauch und labert was von gesund werden.
Ich habe doch keinen Virus, den man ausspülen muss, sondern Probleme mit meinem Gehirn.
Egal.
Ich werde jetzt schlafen, Musik hören und mich selbst bemitleiden. Was Besonderes wird heute bestimmt nicht passieren. Im Bett bin ich wenigstens sicher vor Fußbällen.

**Mittwoch, den 27. November**

Ich hab immer noch ne Gehirnerschütterung.
Egal.
Mittlerweile kann ich damit umgehen. Muss ja nicht jeder wissen. Wenigstens kann ich den ganzen Tag im Bett faulenzen. Das Dumme ist nur, ich darf nicht lesen und nicht fernsehen. Toll, mach dann mal was anderes zu Hause?!

Meine Mutter will jetzt die ganze Zeit, dass ich mit ihr rede. Da werde ich immer ganz schnell müde, weil‘s unglaublich interessant ist. Und wenn ich dann einschlafe, dann bestätigt das meine Mutter nur in ihrem Gedanken darin, dass ich ja noch sooo krank bin und mich schonen muss.
Deshalb wirft sie auch allen meinen Freundinnen einen vor-

wurfsvollen Blick zu, wenn sie mich länger als zehn Minuten besuchen. Aber ich muss sie den ganzen Tag um mich herum ertragen! Und jetzt ist sie vom Tee umgesprungen zur heißen Milch mit Honig. Für die Nerven, wie sie sagt.

Jedenfalls ist dann Lilly vorbeigeschneit. Sie war ganz aufgeregt. Ich hab gleich zu ihr gesagt, wenn sie immer noch sauer auf mich ist, weil man mir einen Ball an den Kopf geschossen hat, dann kann sie gleich wieder gehen. Aber Lilly wollte auch was ganz anderes.
Sie setzte sich vor mein Bett auf einen Stuhl und sah mich erwartungsvoll an. „Und?“, fragte sie.
„Was und?“ fragte ich zurück.
„Wie kannst du damit umgehen? Oder weißt du es noch gar nicht??!!“
Ich wusste von nichts, jedenfalls nicht, was mir auf der Stelle einfiel.

Lilly zog wortlos ein Stück Papier aus ihrer Tasche. Das sah für mich aus wie ein Stück Zeitung.

Ehrfürchtig reichte sie es mir. Ich entwirrte den Zettel und riss meine Augen auf, als ich den Inhalt las: „Fan umgeschossen - von eigener Mannschaft! Junges Mädchen musste ins Krankenhaus gebracht werden!“.

Und darunter drei Fotos. Eines vom Abschuss des Balles, eines wie er mir gerade an den Kopf fliegt und ein Bild, wo ich auf dem Boden liege - ohnmächtig versteht sich. Und Lilly steht bedeppert neben dran und versucht sich wieder halbwegs hinter der Säule zu verstecken.
Es zog mir den Boden unter den Füßen weg und ich konnte nur noch hecheln statt atmen.
Aahhh Krampf, was war das denn? Wer hatte das denn gemacht? Wie war das denn passiert? Zählen solche Ereignisse nicht unter Datenschutz?

Verstört sah ich zu Lilly. Sie hatte das Ganze wohl schon zum Teil verarbeitet. Dann verwies sie mit einem stummen Fingerzeig auf einen Artikel weiter unten. Das war der Spielbericht. Ich überflog den Artikel nur. Da stand meine Geschichte drin!

Also nicht ganz. Nur, dass wir am Fußballplatz standen und ich vom Ball umgehauen wurde. Aber alle Welt konnte mich auf dem Foto erkennen. Was in dem Artikel aber nicht erwähnt wurde war die Tatsache, dass ich da nur mit bin, weil Lilly darum gefleht hat. Damit sie ihren Thomas sehen kann. Ihren blöden Schwarm. Ich wurde richtig sauer auf den Jungen.

Warum musste der auch ausgerechnet Fußball spielen? Warum nicht Schach oder Tischtennis? Das wäre nicht so gemeingefährlich. Und nicht jeder würde wissen, dass ich zu blöd bin, um Fußball überhaupt nur zu sehen.
Meine Mutter kam und bat Lilly darum zu gehen. Sie hatte einen Becher Milch in der Hand - mit Honig. Die konnte ich jetzt wirklich gebrauchen. Alle Welt wusste nun Bescheid: Dass ich mein kleines und bescheidenes Gehirn pflegen musste, weil ich zu däm-lich war, beim Fußball den Ball zu sehen. Ich werde mich ertränken. Ich bin geliefert. Wie peinlich. Ich springe in die Isar!!

**Mittwoch, der 27. November, später**

Jonathan war grad da. War er schon ewig nicht mehr. Also im Sommer hatte er mich ja immer nur nach Hause gebracht. Marc hatte ihm erzählt, was passiert war. Außerdem hatte er die Zeitung gelesen. Klar. Wer nicht?!
Aber Jonathan fand das Ganze lustig. Er meinte, ich könne ja nichts dafür. Ich wäre halt so mit Fleischbeschauen beschäf-

tigt gewesen. Verdammt.
Woher wusste der denn von dem Anti-Stangen-Retter??
„Aber du bist eine gute Freundin!“, meinte er weiter.
War das alles? War er nicht sauer, enttäuscht, beleidigt, dass ich einen anderen Jungen toll fand?
Immerhin hatten er und ich auch eine Vorgeschichte.

Oder war es ihm egal? Mag er mich nicht mehr? Hat er wieder eine Freundin?

„Lilly kann sich echt glücklich schätzen mit dir!“, sagte Jonathan.
Wieso Lilly? Was hat die denn mit dem Anti-Stangen-Retter zu tun?
Sie war doch nur wegen Thomas da. Und ich wegen Lilly. Ach so, jetzt!

Natürlich wusste Jonathan nichts von dem Anti-Stangen-Retter. Es ging um Thomas. Und Jonathan wusste das ja. Darüber haben wir ja oft genug gelacht.
Alles klar. Hab halt doch ne Gehirnerschütterung.

„Wie geht's dir?“ fragte ich.
Seit der Sommer vorbei ist, sehe ich Jonathan nämlich immer seltener. Eigentlich nur noch an den Wochenenden. Und da immer mit Marc.

„Gut. Die Schule ist nicht so stressig. Hab sogar nur Zweier – sogar in Deutsch und Englisch!“, sagte er stolz.
Ich lachte.
„Das haben wir ja gut hinbekommen!“ meinte ich eingebildet.
„Ja, das haben wir“ antwortete aber auch Jonathan lachend.

Dann holte er auf einmal ein Geschenk raus.
„Hier“ grinste er.

Ich öffnete es und sah ihn lachend an.
„Danke“ meinte ich ironisch.
Er hatte mir einen Kinderfahrradhelm geschenkt.

„Ist mein Alter. Aber du hast ja so ein kleines Köpfchen. Das passt da schon noch drunter!“, sagte er grinsend.

Wir haben uns dann noch ein bisschen unterhalten.
Dann hat meine Mutter auch ihn rausgeschmissen.
Ich bin doch nicht todkrank!
Aber ich sollte noch ne Milch trinken – in Ruhe.
Noch mehr Ruhe und ich lieg bald unter der Erde!

**Donnerstag, den 28. November**

So ein Schlamassel. Das war mir alles so peinlich gestern, dass es mir nicht einmal was ausmachte, mich von meiner Mutter den ganzen Tag betüddeln zu lassen.
Mir war alles egal. Ich hatte keine Lust auf gar nichts.
Ich hatte ungewaschene Haare, war käseweiß und dämmerte vor mich hin. So blöd. Ich kann nicht einmal Video gucken oder Micky Maus lesen, weil der Arzt sagt: „Da musst du jetzt durch. Das geht nicht mit einer Gehirnerschütterung. Du musst dich schonen!“.

Tss, ich schone mich das ganze Jahr. Ich bin brav und artig, denn meine Mutter achtet peinlichst darauf, dass der kleinen Maus nichts zustößt. Meine Güte, ich bin 14. Ich weiß schon was ich mache!

Ich wusste überhaupt nicht, was ich machen sollte, so ganz ohne TV und ohne Comics. So langweilig. Lilly und Jonathan waren zwar da gewesen, Marie, Nina und auch Stefan hatten angerufen. Aber es war erst sechs Uhr.

Was konnte ich denn machen ohne TV?
Ich konnte ja schlecht schon wieder schlafen gehen.

Ich hockte also alleine rum, als es klingelte. Die gute Frau Mama war Honig, Milch und Tee kaufen. Eigentlich hatte ich keine Lust an die Tür zu gehen. Das war bestimmt die Nachbarin Else. Früher hatte sie immer einen Begeisterungsschrei losgelassen, wenn sie mich kleine Maus gesehen hat. Irgendwann kam ich aber mal in veranzten und verschnitten Jeans und hatte die Haare kurz geschoren und rot gefärbt. (Ja meine Güte, jeder hat mal wilde Zeiten.)
Sie war aber so schwer geschockt davon, dass sie mich nun jedes Mal mit großen erwartungsvollen Augen anstarrte, mit der Vermutung, dass ich ein Messer zücke würde, um auf sie los zu gehen. In ihren Augen war ich ja jetzt ein Punk. Und das, obwohl das schon fast ein Jahr her ist, ich die Haare lang und dunkelblond mit hellen Strähnchen trage und mich einigermaßen normal anziehe.

Auf jeden Fall hatte ich nun wirklich keinen Bock, diese Dame zu sehen. Aber da klingelte es noch mal. Also erhob ich mich aus meinem Bett und machte mich auf den Weg zur Tür. Wenn es nun doch die Else war, würde sie sich freuen. Mit meinen fettigen Haaren, dem gestreiften Pyjama und dem fertigen Teint meiner angespannten Haut sah ich fast aus wie ein Penner.

Ich öffnete die Haustür und traute meinen Augen kaum. Das da, das war doch, ach du Himmel, der Anti-Stangen-Retter! Dank dem ich immer noch blaue Flecken habe.

Und nun stand er einfach vor meiner Tür! Mein Hals fühlte sich innen ganz kalt an. Ich glaube, das lag daran, dass mein Mund so weit offen stand und die Luft reinzog.

„Ich hab mir Sorgen gemacht!", sagte er

Ich bekam große, kugelrunde, hervorstehende Augen.

„Irgendwie scheinst du das Unglück anzuziehen!" hörte ich ihn sagen.

Ich wusste nicht, ob das Glück oder Unglück war, dass er nun vor meiner Haustür stand. Glück vielleicht, dass er da war. Unglück aber ganz bestimmt, dass ich so beschissen aussah!!!

Kaum fiel mir das ein, wurde ich ganz hektisch und verlegen.

Er überreichte mir einen Blumenstrauß. In dem Moment kam, passend wie immer, meine Mutter vom Einkaufen zurück.
„Oh Maus, du erkältest dich doch!", hörte ich sie schon von weitem rufen.
Der Anti-Stangen-Retter sah mir immer noch in die Augen.
Bitte mach' irgendjemand, dass meine Mutter verschwindet.
„Ohh", hörte ich sie da auch schon verzückt sagen.
„Wer ist denn das?" fragte sie gleich auch peinlicherweise.

Der Anti-Stangen-Retter sagte, dass er nur kurz vorbeikommen wollte, um mir gute Besserung zu wünschen. Der Blumenstrauß sei von der Mannschaft. Meine Mutter ließ einen entzückten Schrei los über diese wirklich überaus freundliche Geste. Peinlich!

Auch der Anti-Stangen-Retter erschrak, ließ meine Augen aus seinem Blickfeld und verabschiedete sich. Und ich stand vor der Haustür mit meiner Mutter und ihrem Einkaufskorb, fettigen Haaren und offenem Mund.
Und in der Hand einen Blumenstrauß. Von meinem Anti-Stangen-Retter-Traummann. Ich hatte ganz bestimmt eine Gehirnerschütterung. Das war bestimmt ein Traum. Ich muss

aufwachen und wieder klar sehen...

## Donnerstag, den 28. November, später

Nein, es war kein Traum! Die Blumen stehen vor meinem Bett, riechen gut und auch meine Mutter kann sie sehen. Also habe ich mir das ganz sicher nicht eingebildet. Juhu, er hatte mich wirklich besucht!

Aber ich überlege und überlege, ich grüble und komm nicht drauf.
Woher wusste mein Anti-Stangen-Retter denn, wo ich wohne? Und wie ich heiße? Und woher wusste er, dass ich jetzt ne Gehirnerschütterung habe??

Als er auf einmal vor meiner Haustüre stand, dachte ich, mich tritt ein Pferd. Gerade hatte ich mich so schön in meinem Selbstmitleid gebadet. Mich wohlgefühlt mit meinen fettigen Haaren und dem ausgefransten Pyjama. Aber nööö, dann kommt da auf einmal so ein Typ daher, der ganz nebenbei noch der Beste ist, den ich je gesehen hab, und ich seh aus wie durchgekaut...
Perfekt würde ich sagen!

Aber woher wusste der, wie gesagt, zum Teufel, wo ich wohne? Gut, es war eine ganze Fußballmannschaft, die mir einen Genesungsstrauß schenkte, schließlich hatten sie mich ja aber auch gemeinsam mit einem Fußball beim Derby abgeschossen. Krankenhausreif gleich.

Aber soweit ich wusste war da keiner dabei, den ich wirklich kannte. Also, woher kannten die meinen Namen? Meine Adresse? Und das peinlichste: jetzt kennen die auch noch meine Mutter!!

Am liebsten hätte meine Mutter den Anti-Stangen-Retter ja gleich da behalten. Um mein Brautkleid auszuwählen. Denn wer mit einem Blumenstrauß vor meiner Haustür steht und männlich ist, den muss meine Mutter warm halten. Denn das kommt ja nicht so oft vor. Und wird es wahrscheinlich auch nicht, nach der Meinung meiner Mutter jedenfalls. Denn dann müsste ich im Kleidchen rumlaufen und nett sein. Sie meint nämlich, ich sei manchmal so kratzbürstig. Nicht nur zu ihr, sondern auch und vor allen Dingen zu Jungs.
Zu Jonathan zum Beispiel. Aber bitte, wir sind doch mittlerweile befreundet. Da darf man auch mal kratzbürstig sein. Und dass er es damals wegen Stefanie versemmelt hat, das trag ich ihm eben nach. Nicht als Freund, sondern als mein Freund. Und deshalb könnte ich mir es nicht vorstellen, wieder mit ihm zusammen zu kommen. Und wir verstehen uns auch grad so gut. Das wäre doch jetzt blöd. Und zu Marc muss man kratzbürstig sein. Der will es doch so. Das ist eben unsere Art der Kommunikation.
Wir Frauen sind heutzutage schließlich emanzipiert.

Aber jetzt weiß ich trotzdem noch nicht, woher der Anti-Stangen-Retter meine Adresse kannte. Aber er wusste anscheinend mehr über mich als ich über ihn. Denn irgendwie wusste ich immer noch nicht seinen Namen. Aber ich glaube auch, also eigentlich bin ich mir sogar richtig sicher, dass er seinen Namen nicht genannt hat.
Obwohl, keine Ahnung, ich hab ja noch eine Gehirnerschütterung. Vielleicht hab ich‘s auch einfach vergessen.

Ich hab aber auf keinen Fall vergessen, wie süß er aussah, als er vor meiner Haustür stand mit einem großen bunten Blumenstrauß, in dem eine Karte steckte. Darauf entschuldigte sich die Mannschaft und wünschte mir gute Besserung.
So süß.

Aber leider unterschrieb der Trainer im Namen der Mannschaft. So was Blödes, sie hätten ja ruhig drauf schreiben können: Der Überbringer des Blumenstraußes heißt: und dann sein Name.

Jetzt muss ich ihn immer noch so nennen, wie Nina ihn taufte: Der Anti-Stangen-Retter. Ist ja voll ätzend.

Aber was hätte er denn groß machen sollen?
Ich hab ihn ja schon mit meinen Blicken fast gefuttert und bin selbst schuld, wenn ich dann nicht die Augen aufmache und gegen irgendwelche Dinge laufe. Na gut, er war ja ganz nett gewesen, schon bei unserer ersten Begegnung. Aber ich hätte ihm ja schon netter antworten können. Vielleicht bin ich doch manchmal ein wenig kratzbürstig.

Ich hab Kopfweh. Noch drei Tage, dann darf ich wieder aufstehen. Aber das Wochenende ist im Eimer. Und dann auch noch der 1. Advent und der 1. Dezember am Sonntag. Und ich hocke hier rum. Aber immerhin darf ich jetzt ab morgen schon ein bisschen fernsehen und lesen. Der Arzt meint, ich würde das jetzt verkraften. Perfekt!

## Freitag, der 29. November

Gestern Abend war ich irgendwann noch so verwirrt, dass ich die Mädels angerufen habe. Das heißt, ich wollte ja alle drei sprechen. Da ich das aber immer so umständlich finde, erst die eine anzurufen, der alles zu erzählen, dann die anderen beiden, dann wieder mit der ersten zu sprechen, die mittlerweile mit den anderen gesprochen hat, um deren Meinung zu hören... bis wir uns mal so ausgesprochen haben vergehen Stunden.

Also hab ich es mal mit einer Telefonkonferenz probiert. Hat sogar geklappt. War aber ein totaler Hühnerhaufen und -gegacker. Weil natürlich keine die Klappe gehalten hat und alle nur wild rumgeschrien haben vor Begeisterung. Hab mich fast kaputt gelacht. Aber ich hab ihnen dann alles von dem Anti-Stangen-Retter erzählt und sie waren schreiend begeistert...

Heute Abend schauen Nina, Marie und Lilly vorbei. Bis dahin werde ich im Bett liegen, Comics lesen oder endlich mal wieder Fernsehen schauen...

**Freitag, der 29. November, später**

Ich glaub's ja wohl nicht! Männer haben doch alle einen Knall! Denen ist echt der Verstand in die Hose gerutscht, wie meine Mutter immer sagt. Gut, das mit der Hose kann ich jetzt persönlich noch nicht belegen, aber Tatsache ist, dass sie einen Knall haben!!
Marc stand vorhin vor meiner Tür. Ich war total überrascht und stand nur im Jogginganzug mit meinen Tigerkrallenhausschuhen vor ihm.
Überrascht hab ich dann auch „Hallo" gesagt.
Marc schubste mich zur Seite und ging einfach mal ins Haus rein. Geht's noch?

„Ich find das ja so was von Scheiße von Dir!" fing er an zu schimpfen.
Von was redet der?
Ich sah ihn nur blöd an. Hatte ich etwas angestellt und es dann vergessen? Ich hab eine Gehirnerschütterung – man habe bitte Nachsicht!
„Ich hab eine Drei bekommen – im Vokabeltest!" meinte er entrüstet.
Aha, verstehe. Er hatte niemand zum Abschreiben. Ich sage

ihm nämlich in letzter Zeit sonst immer vor!

„Wann kommst du wieder?“ fragt er sauer.
Ich grinste. Süß.

Hat der denn keine Augen, um selbst die Wörter zu lesen und dann zu lernen?!

„Keine Ahnung!“ meinte ich ehrlich.
„In einer Woche vielleicht!“ sagte ich noch.
„In einer Woche?“ wiederholte Marc und sein Tonfall war ungewöhnlich hoch für einen Jungen. Ihm hat’s glatt die Sprache verschlagen.

Ich hab mir so was von das Lachen verkneifen müssen.

„So eine Scheiße“ schimpfte Marc weiter.
„Erst Jonathan – und jetzt du!“. Seine Stimme klang ehrlich kläglich.

„Na hör mal, ich komm doch wieder!“ sagte ich bestimmt.
Marc sah mich überrascht an.
„Na, das will ich doch stark hoffen!“ meinte er, nickte mir zu und ging einfach.

Männer...!!!

**Samstag, der 30. November**

Gestern Abend kamen noch die Mädels vorbei. Aber nur kurz. Marie musste wieder früh zu Hause sein. Sie hat im Vokabeltest eine Fünf geschrieben. Ich hab ihr das von Marc erzählt und vorgeschlagen, sie könne doch mit Marc lernen. Der Vorschlag hat ihr nicht gefallen.

„Marc ist doch dämlich!“ meinte sie nur.
„Du sollst ihn ja auch nicht heiraten, sondern nur mit ihm lernen!“ entgegnete ich.
„Ja, ja“ sagte Lilly.
Ich sah sie fragend an.
„So hat das doch mit dir und Jonathan auch angefangen!“ lachte sie.
„Und das will ich auf gar keinen Fall!“ sagte Marie bestimmt.
„Marc ist nun wirklich nicht mein Typ!“ schimpfte Marie weiter.

Kann ich verstehen. Marc ist ein kleiner Macho. Und Marie ist nun wirklich das Gegenteil. Sie ist ein liebes kleines Mädchen, das einen lieben kleinen Jungen braucht. Aber eigentlich ist Marc schon ganz süß. Und im Sommer waren wir doch auch die ganze Zeit mit ihm und Jonathan zusammen, und da war alles wunderbar.

„Ja, da schon“ meinte Marie, als ich das zu ihr sagte.
„Aber da wart ihr ja auch alle dabei. Ich lerne auf keinen Fall mit ihm alleine!“ sagte sie bestimmt.

Gut, wer nicht will, der hat schon. Da kann ich ja jetzt wohl auch nichts mehr machen. Schreibt sie halt weiter schlechte Noten und muss freitags früh heim. Liegt nicht in meiner Hand.

Aber Nina gab mir Recht. Marc sei doch jetzt erpressbar. Marie sollte sich nur überlegen, was sie brauchen von Marc könnte, und dafür könnte sie ihm anbieten, gemeinsam zu lernen.

Aber uns fiel so auf die Schnelle gar nichts ein, was bei Marc zu holen wäre. Aber die Idee an sich fand nun sogar Marie toll...

## Sonntag, der 1. Dezember

Jetzt ist es also wieder soweit. Weihnachtszeit! Wie ein Feuerwirbel ist meine Mutter gestern durchs Haus und alle möglichen Supermärkte gejagt, um alles Nötige zu besorgen. Damit es am ersten Advent ja auch weihnachtlich aussieht. Der ist ja heute. Bei strahlendem Sonnenschein. Das hat meiner Mutter ganz und gar nicht gepasst. So ein tolles Wetter an einem Sonntag, an dem es gemütlich schmuddelig sein sollte, damit ihre Familie bei ihr im Haus bleibt. Mein Vater wollte lieber spazieren gehen, ich wollte meine Ruhe. Meine Mutter wollte weihnachtliche Liebe. Ich spüre es schon. Das werden ganz ruhige Weihnachten.

## Montag, der 2. Dezember

Mann, bin ich schlecht drauf. Ich will wieder in die Schule!! Ich hock hier den ganzen Tag nur dämlich blöd zu Hause rum und langweile mich. Oder eher im Gegenteil: Ich langweile mich nicht – ich nerve mich!
Ich kann nur mit mir selbst was anfangen – und dabei wusste ich gar nicht wie langweilig ich bin.
Und weil ich mich so langweile, denke ich halt über andere nach. Zum Beispiel an den Anti-Stangen-Retter.
Erst fand ich es ja ganz süß, dass der Anti-Stangen-Retter so ein Süßer ist. Jetzt geht er mir voll auf die Nerven!
Wieso muss das mit den Jungs so kompliziert sein?! Ich könnte kotzen. Und tatsächlich muss ich sogar grad heulen. Es ist echt so richtige Scheiße. Gut, ich geb's ja zu: Er gefällt mir!
Aber wieso hock ich jetzt alleine hier rum, bin mir klar darüber und das war's dann auch!
Was soll sich denn jetzt ändern???
Vielleicht sehe ich ihn einfach nie wieder!!!!
Was dann??

Werde ich dann einsam und alleine zu Grunde gehen????
Ich find's echt so beschissen, dass mir die Tränen kommen.

Statt mit ihm Hand in Hand in den Sonnenuntergang zu laufen, sitze ich hier vor meinem Tagebuch. Sehe beschissen aus, nebenbei bemerkt, habe eine Gehirnerschütterung und keine Ahnung wie dieser Typ heißt.
Ich kann nicht mehr! Wieso muss das mit dieser Scheiß-Liebe denn so kompliziert sein?
Und wieso ist man nicht befreit, wenn man so was schon einmal durch gemacht hat??
Zählt das denn nicht, dass ich schon mit Jonathan so viel Pech hatte?!?
Er ist zwar ein lieber Kerl, aber das war von Anfang an planlos.
Ich will nicht, dass so was noch mal passiert!
Scheiße....

**Montag, der 2. Dezember, später**

Ich hab echt geheult! Mann wie peinlich! Schon wieder Heulattacken wegen eines Jungen. Was waren das noch für Zeiten, in denen ich geheult habe, wenn ich trotz Fußaufstampfen und Bitten und Betteln die Barbie nicht bekommen habe, die ich unbedingt wollte.
Wobei, zu der Zeit war das wirklich schlimm für mich...

**Montag, der 2. Dezember, noch später**

Mir ist soooo langweilig.
Ich bin soooo verzweifelt.
Ich rufe jetzt Nina, Marie und Lilly an...

Ich brauche Beistand! Schon wieder...

**Dienstag, der 3. Dezember, morgens**

Nina, Marie und Lilly kamen gestern Abend tatsächlich noch vorbei und wir haben eine gemütliche Frauenrunde gemacht.
Bei dem Stichwort „gemütliche Frauenrunde" hat sich meine Mutter gleich auch eingeladen gefühlt. Wir haben sie gar nicht mehr los bekommen. Sie hat uns ihre Plätzchen gezeigt und wollte mit uns Rezepte durchgehen. Ich dachte mich tritt ein Pferd.
Ich bemerkte dann auch relativ rasch, dass meine Mutter sich nicht mehr so schnell von uns trennen würde. Ich wusste nicht, wie ich sie losbekommen sollte. Ich spürte aber auch sehr wohl, dass meine Freundinnen sich das Gleiche wünschten wie ich.
Da ging nur eins: Totalkonfrontation. Ich wollte ja aber meiner Mutter nicht weh tun und ihr so direkt sagen, dass sie nervt.
Also entschied ich mich für einen anderen Ausweg: „Ja - und Nina, dein letztes Mal war wirklich intensiver, nur weil du was geraucht hast??".

Nina fühlte sich etwas überrumpelt, bekam kugelrunde Augen und starrte mich an. Ebenso meine Mutter. Marie verschluckte sich an den trockenen Plätzchen meiner Mutter und Lilly kicherte sich ins Fäustchen.
Meine Mutter schaute von der einen zur anderen.
Keiner sagte was.

Meine Mutter entschied sich dann doch ganz plötzlich, uns mal eben kurz alleine zu lassen und ging sichtlich verwirrt aus dem Zimmer. Da war vermutlich demnächst ein längeres

Gespräch fällig und sie hatte jetzt wohl eine unruhige Nacht. Ein bisschen schuldig fühlte ich mich auch schon. Aber dafür hatte ich jetzt einen ruhigen Abend. Und sie ist doch schließlich Mutter. Als ob sie nicht gewusst hätte, auf was sie sich da einlässt. Da muss sie gar nicht so verwirrt tun...
Und wenn ich Glück habe, dann findet das Gespräch erst mal noch ohne Psychologen statt – ganz sicher aber mit Hausarrest.
Egal.

Nina fragte mich, ob ich noch alle Tassen im Schrank habe. Klar, jetzt war ja endlich mal Luft zum Reden.

Lilly hatte keine Neuigkeiten über Thomas. Denn am Sonntag konnte sie ja nicht zum Spiel gehen. Ich war ja nicht einsatzfähig!
Das hörte sich fast schon wieder wie ein Vorwurf an. Das meinte auch Marie, und fragte was los sei. Ich erklärte ihr, dass Lilly auf mich sauer ist, weil ihre Schwarmmannschaft mich abgeschossen hatte und ich ins Krankenhaus musste.

Nina hielt das Ganze doch so langsam auch für sehr übertrieben. Lilly sollte doch einfach mal zu ihm gehen und ihn auf einen Kaffee einladen.

Na also, ich würde das auch nicht so einfach hinkriegen. Wenn ich bedenke, dass ich auf einmal dem Anti-Stangen-Retter gegenüber stehen würde, dann könnte ich ihn auch nicht einladen...

Aber Nina ist das mit den Jungs auch einfach in die Wiege gelegt. Ihr fällt es viel leichter Jungs anzumachen.
Sie hatte doch Heiko kennengelernt. Heiko aus dem Sportladen. Sie hatten mittlerweile drei Dates. Das hat mich doch schon sehr verwundert. Nach zwei Verabredungen ist bei Nina normalerweise Schluss.

Aber Heiko hatte ja auch seine Vorzüge. Er arbeitet immerhin im Sportladen. Da gibt's Prozente.
Bei Marie hat sich mit Jungs immer noch nichts getan.

Und keiner fragt mich!!!

Anscheinend gingen alle davon aus, nur weil ich zu Hause rumsaß, würde sich nichts ergeben. Dabei war er doch da. Mein Anti-Stangen-Retter. Mit einem Blumenstrauß!
Das war doch wohl was!
Aber bitte, wenn sie nicht fragen, ich erzähle nichts.
Zwei Minuten später habe ich natürlich alles haarklein erzählt. Aber gut, da hab ich keinen Stolz! Was raus muss, muss raus!
Dafür sind doch schließlich auch Frauenabende da!

Ich hab den Mädels auch erzählt, dass ich total deprimiert bin, da ich keine Ahnung habe, mit wem ich es eigentlich zu tun habe. Wie er heißt, was er macht, abgesehen vom Fußball spielen und, oh mein Gott, ob er nicht vielleicht eine Freundin hat??!!
Scheiße! Daran hatte ich ja noch überhaupt gar nicht gedacht!
Vielleicht hatte er ja eine Freundin.

Lilly, Nina und Marie versuchten mich zu beruhigen.

„Den siehst du schon wieder!“, meinte Marie zuversichtlich.
„Ja, wenn ich alt, hässlich und drei Mal geschieden bin“, meinte ich hingegen sarkastisch.
„Du willst dich doch nicht scheiden lassen?“ fragte Marie entsetzt.
Nein, von wem denn bitte? Ich war ja noch nicht einmal verheiratet!
Ich bin ja noch nicht einmal vergeben!!! Heul...!

Nina war bestimmend: „Jetzt mach mal langsam. Du wirst ihn ganz bestimmt wieder sehen – wahrscheinlich dann, wenn du es am wenigsten erwartest. Und dann fragst du ganz einfach nach seinem Namen. Dann weißt du das schon mal!".
Guter Plan!

Später, als die Mädels weg waren, ist meine Mutter mit Tränen in den Augen zu mir gekommen.
Ob ich denn auch schon an Sex denken würde. Ich musste so lachen. Ich habe ja noch nicht mal meine Tage! Ganz bestimmt denke ich noch nicht an Sex! Igitt...
Ich hab ihr dann alles erklärt.
Jetzt war sie immer noch geschockt, denn der Schock saß tief und beleidigt war sie auch noch.
Nicht nur, dass ich kein Vertrauen hätte, sondern ich ihr ehrlich sagen würde, dass sie nervt, und, dass ich sie auch noch uncool finde...
Hab mich dann ganz schlecht gefühlt.
Sie fragte, ob ich denn nicht mehr mit ihr über meine Probleme reden kann. Sie wüsste ja, dass ich mitten in der Pubertät stecke, aber ich müsse unbedingt den Kontakt zu ihr bewahren – sonst würde ich zu leicht auf die schiefe Bahn geraten.

Na bitte, nicht gleich so dramatisch...

Jetzt bin ich schweißgebadet aufgewacht und muss erst mal duschen, um den Schock und den Anti-Stangen-Retter zu überwinden...

### Dienstag, den 3. Dezember, abends

Gar nicht mehr lange und dann ist Heiligabend. Noch hängt bei uns der Haussegen nicht schief. Höchstens bei meiner Mutter. Die ist irgendwie gestresst von mir und kann es kaum noch erwarten, bis ich wieder zur Schule gehen muss. Mittlerweile soll ich sogar schon wieder Hausaufgaben machen!

Meine Mutter glaubt mir nämlich nicht, dass es mir schlecht geht, wenn ich was schreiben muss, sie hat mich beim Tagebuch schreiben erwischt. Und da sah ich nach ihrer Einschätzung ziemlich gesund aus.
Morgen sind es zehn Tage und dann darf ich auch wieder ganz offiziell gesund sein.

Dabei wäre es für meine Mutter doch gar nicht so schlimm, wenn ich zu Hause bliebe. Wenn sie jetzt halt nicht ständig meinen würde, sie müsse mich erziehen. Ich bin 14 und bald 15. Da ist eh schon alles zu spät. Was sie bis jetzt verbockt hat kann sie nun auch nicht wieder gerade biegen.

Aber nö, sie meint jetzt, wenn sie mittags von der Arbeit heimkommt und in einen Putzwahn verfällt, muss mir das auch so gehen. Staub saugt sie, muss ich die Möbel abstauben. Spült sie, muss ich abtrocknen. Das ist mit der Zeit richtig ungemütlich geworden. Am Anfang ging's mir ja echt schlecht in meinem Schädel.

Mittlerweile sieht sie aber, dass ich eigentlich schon wieder ganz die alte bin und das heißt eben putzen! Ich will ein Geschwisterchen, dann muss das das machen!!

Aber heute Mittag ging's mir wieder schlecht. Meine Mutter backte Plätzchen. Klein-Nati aß sie alle auf einmal, den rohen Teig vorher auch, weil eigentlich ist der ja der beste... Und natürlich wurde mir schlecht. Aber so richtig!! Es war so schlimm, dass ich nur noch gebeugt laufen konnte. Also packte mich meine Mutter in ihre Klapperkiste und fuhr mit mir zum Arzt.

Dort bekam ich ein Mittelchen gegen Blähungen und Magenbeschwerden verschrieben. Mir ging's echt übel. Ich sah auch richtig scheiße aus. Total blass und glasige Augen.

Um die Medikamente zu besorgen liefen wir zur Apotheke. Meiner Mutter fiel ein, dass sie noch Brot brauchte, ließ mich krankes Kind alleine in die Apotheke trotteln und verschwand in der nächsten Bäckerei.

Gequält stand ich in der Warteschlange um auf eine freie Apothekerin zu warten.
Ich ließ einen Seufzer raus.

Ach, nervige Mutter, brummender Schädel, krampfender Magen - echt, ein verkorkstes Leben. Dazu noch einen Traumtypen, namens unbekannt. Und zusätzlich sehe ich ihn vielleicht nie wieder!
Das Leben kann so gemein sein! Ich will wieder heim, meinen Magen schonen und mich selbst bemitleiden!
Ich hasse es, wenn man sowieso schon mit dem Leben grad genug beschäftigt ist und einen die Jungs dann noch völlig aus dem Gleichgewicht werfen.
Außerdem nervt dieses rumgetue. Kann es nicht einfach so sein, dass dir jemand gefällt, du gefällst ihm auch. Man sagt sich das und läuft Hand in Hand in den Sonnenuntergang.
Das wäre doch nun wirklich wesentlich leichter!

Plötzlich drehte sich der Typ vor mir um. Ich sackte fast zu Boden. Mein Anti-Stangen-Retter!
Ach du heilige Güte!
Er grinste mich an.
„Deinem Seufzer nach zu urteilen bist du noch nicht so ganz gesund. Komm schon. Darfst vor.".
Sprach's und ließ mich vor ihm einreihen.

Ich sag's mal so: ich war leicht perplex.

Mir stand genauso der Mund offen, wie beim letzten Mal. Als er auf einmal vor meiner Haustür mit einem Blumenstrauß stand.
Und gaaanz nebenbei bemerkt: Auch da sah ich scheiße aus!!!

So stand ich also in der Apotheke und versank im Boden. Ich musste ja schließlich was gegen Magenkrämpfe und Blähungen einholen!!
Ich kam mir vielleicht blöd vor.

Als ich das Rezept abgeben hatte, drehte ich mich zu ihm um: „Für meine Mutter!“ versuchte ich entschuldigend zu erklären.

Er grinste nur.

Kaum war ich fertig drehte ich mich in Richtung Ausgang und gab ihm ein verlegenes „Tschüss“.

Draußen lief ich langsam zur Bäckerei und meiner tratschenden Mutter.
Ich konnte nicht klar denken.

Anhand der Türglocke vernahm ich aber, dass auch er nun die Apotheke verlassen hatte.
Er lief aber in die andere Richtung als ich mich umdrehte.

„Hey“, schrie ich plötzlich.
Der Anti-Stangen-Retter blieb stehen.
So schnell ließ ich mir das Früchtchen nicht noch mal durch die Lappen gehen.
Ich will ein Date, Daten, Hobbys und Vorlieben, Kinder...
„Wie heißt du eigentlich?“ fragte ich stattdessen nur.

„Nico“ sagte er.

„Nicolas Schneider“.

Damit nickte er mir nochmals zu, drehte sich wieder um und ging.

Na ja, war auch schon was. Jetzt kenne ich wenigstens schon seinen Namen.
Und seitdem denke ich nur, was für ein wundervoller Name das ist, und wie gut er doch zu mir passt.

**Dienstag, der 5. Dezember, später am Abend**

Stefan hat grad angerufen. Wie es mir geht und so. Er sieht mich gar nicht mehr in der Schule!
Ist ihm aber früh aufgefallen. Tss, Männer... Hach, ich glaub, das wird mein neuer Lieblingsspruch: Tss, Männer...

Ich hab dann jedenfalls mit Stefan ganz lange telefoniert. Er hat erzählt, dass es in der Schule stressig ist, ihn der Schnee nervt (heute Morgen hat's bisschen geschneit! - endlich weihnachtlich, das dachte meine Mutter), und ganz nebenbei erwähnte er auch noch, dass er jetzt eine Freundin hat! HÄÄÄÄ??

Das erwähnt der mal so nebenbei. Ich würde austicken und es sofort ausplappern...
Aber deshalb hatte ich in der letzten Zeit auch nicht so viel von ihm gehört.

Ich hab ihn natürlich sofort über die Glückliche ausgefragt. Er meinte, sie sei eine ganz liebe und nette, aber mal schauen...

Reden Männer, oder in dem Falle Jungs, eigentlich immer so

wenig begeistert über Frauen oder Mädchen??
Ich dachte, das ist nur im Film so!
Aber gut, irgendwo müssen die Filmideen ja herkommen!

Aber sag mal: Er hat eine Freundin! Und ist nicht aus dem Häuschen???

Wahrscheinlich spricht sie von nichts anderem, kritzelt ihr Tagebuch voll von Storys über seine süßen Hände, seine nette Art, wie süß er sie immer anschaut und wie toll er küssen kann!

Und er sagt: „Mal schauen...".

Ich hab's ihm auch gleich vorgeworfen und gemeint, er könne sich ja wohl glücklich schätzen, ein Mädchen gefunden zu haben, was ihn nicht so nervt und ihm im Gegenteil vielleicht echt gefällt. Immerhin war er im Sommer doch so genervt von all den Mädchen und den saufenden Jungs...

Jetzt hat er endlich eine Nette und er benimmt sich selbst wie ein Idiot! Er kann sich doch mal mehr freuen...

„Ich freu mich doch" warf er beleidigt ein.
„Das merke ich" erwiderte ich.
„Na hör mal, ich springe halt nicht gleich vor Freude an die Decke. Ich bin doch kein Mädchen!" schimpfte er.
„Na und?!", pflaumte ich ihn an.
„Was ist schlimm daran ein Mädchen zu sein?" fragte ich empört.
Und weiter: „Es ist doch wohl nicht schlimm sich zu freuen, wenn es etwas zum Freuen gibt. Wir sind eben emotionaler. Aber du bist das doch eigentlich auch. Im Sommer warst du sauer, genervt und gelangweilt von all den blöden Mädels und deinen Kumpels – da hast du doch auch Gefühle gezeigt! Ich kapier einfach nicht, warum ihr Jungs euch nicht mal

richtig freuen und zu euren Gefühlen zu uns stehen könnt. Ihr könnt doch auch mot-zen und euch prügeln. Was ist da anders?" meckerte ich weiter.

Stille.
War ich doch zu weit gegangen...?

Immer noch sagte keiner was.
Ich atmete tief ein.

„Tschuldigung", sagte ich.
„War nicht so böse gemeint wie es vielleicht rüber kam", sagte ich nun versöhnlich.

Stefan sagte nichts.

„Hallo?", fragte ich vorsichtig.
„Ja", hauchte Stefan.
„Bist du sauer?", fragte ich vorsichtig.
„Nein", meinte er.

Kurze Pause.

„Aber ich muss jetzt Schluss machen" sagte er.
„Okay", sagte nun ich nur.

Das wars! Adieu! Asta la vista! Den sehe ich nie wieder.
Jetzt hat er nicht nur eine Freundin, sondern ich hab mich auch noch scheiße benommen und keinen Freund Stefan mehr.
Wieso ticke ich manchmal eigentlich so aus?
Ich hab doch die Weisheit nicht mit dem Löffel gefressen! Außerdem hat mich ja keiner um meine Meinung gefragt…

Verdammter Mist. Tut mir echt leid. Ich muss mich unbedingt morgen bei Stefan entschuldigen...

## Dienstag, der 3. Dezember, Schlafenszeit

Ich kann nicht einschlafen. Ist jetzt kurz nach zehn. Ich hab so ein schlechtes Gewissen wegen Stefan. Er ist so viel älter und ich benehm' mich ihm gegenüber als wäre er ein kleines Kind. Ich bin so scheiße!

## Dienstag, der 3. Dezember, kurz vor zwölf

Wow! Mein Leben ist total geil!
Ich hatte ja so ein schlechtes Gewissen wegen Stefan. Konnte nicht schlafen!
Er auch nicht!

Ich hab mich im Bett hin und her gewälzt.

Auf einmal hat mein Handy geklingelt. Es war Stefan.
„Hallo", hauchte ich.
Wieso ruft er jetzt noch an? War er aus Versehen dran gekommen? Hat er mich mit seiner Freundin verwechselt??

„Bist du noch wach?", fragte er.
Jungs sind so süß! Klar bin ich noch wach. Sonst würde ich ja wohl kaum ans Telefon gehen können und sprechen...

„Ja", meinte ich aber nur.
Ich konnte ihm ja jetzt wohl schlecht schon wieder eine Standpauke halten...

„Kannst du kurz zur Haustüre kommen?" fragte er.
Ich war etwas verwirrt.
„Ja", antwortete ich aber nur.

Ich hab mir meine Hausschuhe angezogen und mich leise aus

meinem Zimmer, die Treppen runter zur Haustüre geschlichen.
Ich öffnete die Tür und da stand er: Stefan!

Ich war sichtlich überrascht.
Er hatte einen Strauß Blumen in der Hand. Von der Tankstelle – was dem Ganzen einen besonders süßen Touch verlieh. Ich konnte seine Umrisse nur leicht sehen. Licht gab's nur vom Mond und den Straßenlaternen.

„Hi", sagte er.
„Hallo", antwortete ich.

Stefan holte tief Luft. Dann überreichte er mir den Tankstellenblumenstrauß. „Du", begann er zu reden. „Du bist, ich weiß auch nicht... vielleicht das Beste was einem Mann passieren kann! Vielleicht bist du aber auch das Schlimmste – wenn er nicht mit dir umgehen kann...", dabei lachte er leicht und ich war wirklich gespannt, was er jetzt wohl noch sagen würde. Bis jetzt wurde ich aus seiner Rede nicht schlau!

„Du hast Recht! Mit allem was du vorhin gesagt hast. Wir Männer sind wirklich ein bisschen komisch. Wir heulen, wenn unser Fußballverein verliert, freuen uns wie ein Schnitzel über einen coolen neuen Auspuff oder bekommen glänzende Augen bei einem schönen Stück Fleisch. Dabei brauchen wir das alles gar nicht. Ihr Mädchen verkörpert das eigentlich ja alles: Ihr bringt uns zum Heulen, wenn es vorbei ist. Ihr bringt uns zur Freude, wenn wir euch kriegen und bekommen glänzende Augen, wenn ihr so hübsch seid, wie du heute Abend!".

Jetzt hatte ich feuchte Augen. Aber ich musste grinsen. Das war ja sooo süß! Besonders weil ich meinen alten Pyjama trug und ganz verstrubbelte Haare vom vielen hin- und her wälzen hatte.

„Du hast Recht: Wir sollten das auch zeigen. Wenigstens einen Teil davon! Und damit sag ich dir: Ich mag sie! Ich mag sie wirklich!“, und damit schaute er mich erwartungsvoll an.

Ich lachte nur ganz lieb und wollte schon einen Schritt auf ihn zugehen, um ihn zu umarmen.

Aber er winkte ab.

„Halt!“, befahl er.

„Ich weiß, wir haben doch mal darüber gesprochen, wie scheiße wir es finden, wenn Leute befreundet sind und dann wegen einer Beziehung die Freundschaft leidet. Und das finde ich auch nach wie vor scheiße! Auch wenn ich jetzt in einer Beziehung bin, irgendwie. Denn am Ende sind es eben doch immer die Freundschaften, die zählen!“

Jetzt kullerte mir vor Rührung eine Träne über die Wange. Stefan sah mich ganz lieb und ernst an.

Dann holte er etwas aus seinem Rucksack. Er hielt es hinter seinem Rücken.

„Ich werde vielleicht jetzt ab und an mal weniger Zeit haben, aber“ sagte er und nahm seine Hand wieder hinter dem Rücken vor.
„...der wird auf dich aufpassen!“.
Meine Güte! Er schenkte mir ein Stofftier. Einen ganz süßen Teddybären. Ich konnte es echt nicht fassen.

Ich kann es jetzt noch nicht glauben! Das ist doch wahnsinnig süß! So einen Jungen müsst’ ich haben. Aber hab ich ja! Denn Freundschaften bleiben. Und er hat auch noch gesagt, dass er hofft, dass wir noch ganz lange Freunde bleiben...
Ich hab ihn dann umarmt und dann hat er mich ins Bett

geschickt.

Und jetzt bin ich hundemüde und super glücklich...

**Mittwoch, der 4. Dezember**

Heute Morgen war ich total gut gelaunt. Ich hatte sogar wieder richtig Appetit und habe gleich drei Nutellabrote gegessen. Am Mittag kam dann plötzlich Lilly vorbei und ich berichtete ihr von dem ganzen Schlamassel mit Stefan.
Sie fand das auch süß.
Sie meinte, vielleicht sei er ja der Richtige für mich.
Ich erinnerte sie dezent daran, dass Stefan eine Freundin habe.

„Ach ja, stimmt!“, meinte sie deprimiert.
Auf einmal aber leuchteten ihre Augen: „Meinst du, sie sind denn glücklich?“.
„Lilly“, schimpfte ich.
„Ich hab ihn doch erst gestern dazu überredet, dass er zu seinen Gefühlen für das Mädchen steht. Also wird er wohl schon glücklich sein. Außerdem ist er halt nicht Nico!“.
„Wer ist Nico?“ fragte Lilly.
„Na, der Anti-Stangen-Retter.“.
„Ach so... warte mal. Woher kennst du jetzt auf einmal seinen Namen??“ fragte Lilly verdattert.

Ach so, stimmt ja. Vor lauter Stefan hatte ich glatt vergessen, die Story von Nico zu erzählen.
Also holte ich das schnell nach. Und ich erzählte ihr auch, dass ich ein bisschen deprimiert bin, weil ich jetzt zwar seinen Namen kenne, aber sonst nichts. Und auch überhaupt nicht weiß, wie er von mir denkt.
Immerhin hat er mich bis jetzt immer nur in total verzwick-

ten Situationen kennengelernt.

Lilly hatte daraufhin eine sehr einfache Idee.

„Ruf ihn an!“ meinte sie begeistert.

Ja bestimmt.
Aber Lilly meinte das tatsächlich ernst. Ich solle ihn anrufen und fragen, ob er mich für ein durch geknalltes Huhn halten würde.

Wenn er es bis dahin nicht getan hatte, dann bestimmt ab da. Nein, das würde ich brav sein lassen. Ich ruf doch nicht da an!

Kaum war Lilly verschwunden, rief ich bei ihm an.

Das war aber eine Arbeit. Denn Schneiders gibt es hier verdammt viele. Und ich weiß ja nicht mal genau, in welchem Ortsteil er denn nun wohnt.

Also gibt es nur eine Möglichkeit: man telefoniert alle durch.
So hab ich das denn auch gemacht. Nach ca. 2000 verschiedenen Nachfragen und einem entschuldigenden „ich habe mich verwählt“, wurde die Liste so langsam kürzer. Jedenfalls in einem Stadtteil.

Beim nächsten Versuch wollte ich direkt wieder auflegen, als ich bemerkte, dass es eine alte Frau war. Aber plötzlich sagte sie, dass Nico nicht bei ihr sei. Er käme doch immer erst mittwochs zu ihr.

Waaaas? Ich bedankte mich artig und legte auf. Ich hatte ihn gefunden. Yipieheihei, yiphiehadoo, jetzt weiß ich, wo ich ihn erreichen kann!

Heute Mittag ist er also da. Ich kann ihn jetzt anrufen - wenn ich will.
Aber ich weiß noch nicht genau, ob ich will. Was mach ich denn, wenn er mich nicht sprechen will? Oder nicht kapiert, wer da mit ihm sprechen will? Oder er nicht telefonieren kann, weil er was am Ohr hat? Oder vielleicht eine psychische Störung hat und beim Telefonieren Ängste bekommt. Das gibt es doch heute alles. Dann will ich mit ihm telefonieren, er kann nicht, weil er eine Allergie gegen Telefone hat: Ich denke, er mag mich nicht, lege auf und wir werden niemals heiraten. Dabei hat er doch bloß eine Allergie!!

Also, ich glaub, ich werde ihn nicht anrufen.

Vielleicht nächste Woche.

Vielleicht sollte ich aber doch anrufen. Manchmal muss man seinem Schicksal ja auch auf die Sprünge helfen. Meine Oma sagt auch immer, Kind, sagt sie immer, das wird schon alles werden. Eben, vielleicht geh ich aber einfach auch persönlich vorbei. Hab ja jetzt die Adresse.

Natürlich nur wegen seiner Allergie - gegen das Telefonieren.

**Mittwoch, den 4. Dezember, später**

Bin ich eigentlich komplett blöd?? Ich hab was total Peinliches angestellt.
Ich wollte bei der Oma dann nicht noch einmal anrufen, weil es mir peinlich gewesen wäre. Ich wusste nicht, was ich hätte sagen sollen. Ich wollte aber unbedingt herausfinden, ob es der richtige Nico war, der da wohnt.
Hätte ja auch sein können, dass die Oma einen anderen

Nicolas Schneider meint. Den Namen gibt es schließlich am laufenden Band.

Also hab ich mich entschieden, nicht bei ihm anzurufen, sondern persönlich bei seiner Oma vorbeizugehen.

Ich lungerte ein bisschen auf der Straße herum, bis ich ihr Haus endlich gefunden hatte.

Wann er wohl kommen würde?
Ich kann ja nicht die ganze Zeit da rumstehen und nichts tun. Das sieht ja aus, als ob ich sonst wer wäre. Aber irgendwann kam ein Roller vor das Haus der Oma vorgefahren.
Und da saß er drauf. Mein Anti-Stangen-Retter. Mein Nico. Mein Traummann.

Ich stand mitten auf dem Gehweg. Da fiel mir ein, dass ich mich vielleicht mal verstecken sollte, wenn ich nicht will, dass er mich sieht. Weil es da aber nichts zum Verstecken gab, entschied ich mich dazu, schleunigst die Fliege zu machen.

Nico stieg vom Roller, zog den Helm ab und wischte sich unglaublich cool die Haarsträhnen aus dem Gesicht. Ich traute mich nicht, mich nochmals umzudrehen. Und ich war auf einmal in einer anderen Straße. Was mach ich hier denn jetzt?

Das wäre ja jetzt auch blöd, wieder zurückzugehen. Was soll ich denn da noch?

Wirklich sehr deprimiert machte ich mich schließlich auf den Heimweg.
Blödes Zeug, alles total blöd.

Während ich so vor mich hin schimpfte war ich schon vor meiner eigenen Haustüre angelangt.

Ich ging ins Haus, rauf in mein Zimmer und warf mich aufs Bett. Schluchzend. So was Beknacktes.
Jetzt lieg ich wieder auf meinem Bett vor meinem Tagebuch und bin keinen Schritt weiter. Außer, dass ich mich jetzt noch unwohler fühle als vorher...
Wo sind meine Taschentücher?

**Mittwoch, der 4. Dezember noch später**

Hey, irgendwie bin ich ja selbst schuld, dass ich mich schon wieder in so eine Situation gebracht habe.
Ich hatte vorher halt auch keinen Plan entworfen. Ich wusste ja nicht einmal, was ich bei der ganzen Aktion erreichen wollte.
Nach sehr scharfem Nachdenken fiel es mir dann vorhin doch noch ein:

Ich will, dass er meine Telefonnummer hat!

Nur so, dass er wenigstens die Möglichkeit hat mich anzurufen.
Dass ich den ganzen Tag neben meinem Handy warten kann, bis er anruft.
Und dass ich weiß, wenigstens etwas für die große Liebe getan zu haben.
Aber wie gebe ich ihm die nun? Ganz einfach. Ich lauf noch mal zurück und häng sie ihm an seinen Roller. Am besten an die Windschutzscheibe auf einem Zettelchen.

Gesagt, versucht zu tun.

Unterwegs zu ihm zurück überfielen mich ständig Zweifel. Ich blieb dann jedes Mal stehen und drehte für drei Schritte um und ging dann doch wieder weiter. Irgendwann fragte mich eine ältere Frau, ob denn alles in Ordnung sei. Das war mir so peinlich, dass ich mich entschied, nicht mehr so zimperlich zu sein.

Also ab zu Nico, Zettel an die Scheibe, er ruft an, wir verlieben uns und basta.

An seinem Roller wieder angekommen versuchte ich den Zettel hinter seinem sehr kleinen Scheibenwischer anzubringen. Was sich als nicht so einfach erwies.
Erst wusste ich nicht wie man das Ding hochschiebt und außerdem muss das ja auch gut aussehen. Und genau in dem Moment kommt Nico!
Als ich das bemerkt hatte, wollte ich mich natürlich sofort vom Acker machen. Und was passiert? Ich bleib voll mit meinem Jackenärmel in dem oberbeknackten Scheibenwischer hängen.

Ich hing fest, versuchte panisch mich wieder loszureißen, um mich zu verstecken.

Aber da hatte er mich schon entdeckt. Und das Schlimmste: Er war nicht allein!

Neben ihm eine brünette hübsche Maus. Und ich bin so blöd und häng an seinem Scheibenwischer. Während er mit seiner Freundin daher kommt und ich nicht einmal klar denken kann.
Er sagte irgendwie etwas überrascht „Hallo!".
Ich versuchte, verfangen im Scheibenwischer, ganz cool da zustehen, meinte ebenfalls knapp „Hallo!".

Er kam zu mir, befreite mich, wollte was sagen, als ich ihm nur entgegenbrachte: „Ich muss weg!" und über die Straße verschwinden wollte.
Dummerweise lief ich in die falsche Richtung. War mir aber

egal. Er hat eine Freundin und meine Nummer an der Fensterscheibe. Was ein Scheiß! Ich hasse den Typ. Blöder Nico. Und ich hasse mich. Noch blödere Nati!

**Donnerstag, der 5. Dezember**

Ich hasse mich noch immer. Hatte aber heute Morgen nicht lange Zeit, um mich selbst zu bemitleiden. Heute musste ich nämlich das erste Mal wieder in die Schule gehen.
Ich bin nur froh, dass Nico nicht auf meiner Schule ist. Denn es ist doch so: Wenn man denjenigen dann nie wieder sehen muss, ist die Peinlichkeit nicht ganz so groß.
Schlimmer war es nämlich, als Jonathan und ich uns immer gestritten hatten und wir uns dann auch noch in der Schule ständig gesehen haben.
Aber anscheinend bin ich ohnehin ein „Männerverscheucher"!
Jonathan ist jetzt auf der Realschule und Nico sehe ich ganz gewiss auch nie wieder.

Ich war also trotz allem ziemlich mies drauf.
Erst hab ich zu den Mädels gesagt, dass ich nicht schlecht drauf, sondern einfach noch erledigt von der Gehirnerschütterung bin.
Haben sie glatt geglaubt!

Und ich war traurig, dass keiner nachgefragt hat.
Die erste Stunde hatten wir Mathe und ich war danach noch weitaus depressiver. In zehn Tagen die man verpasst, scheint sich die mathematische Welt um drei Jahrhunderte wei-terentwickelt zu haben. Ich hab überhaupt gar nichts kapiert und hätte grad heulen können.

Marie hat dann versucht, mir zu helfen und dann ging's wenigstens ein bisschen.

Englisch waren wir auf einmal auch schon zwei Lektionen weiter und ich habe nicht mal die Hälfte der Vokabeln verstanden.

Dann war endlich große Pause.

Ich bin mit den Mädels raus auf den Schulhof.
Nina strahlte: „Endlich ist unser Kreis wieder komplett! Es hat halt schon was gefehlt!“, meinte sie und strahlte mich an.

Ich war aber so niedergeschlagen, dass ich nicht mal lächeln konnte. Nina fragte sofort, was los sei.
Dann hab ich den Mädels von Nico erzählt, von Stefan und von der Schule, wo ich überhaupt keinen Durchblick mehr hatte.

Nina meinte, dass würden wir schon hinkriegen. Stefan sei doch ein total süßer netter Freund. Für die Schule würden sie mit mir am Wochenende lernen und was Nico angeht, dann meinten sie alle drei, das würde sich schon finden.

Und damit ging's mir tatsächlich schon besser.

Als wir wieder zurück zum Klassenzimmer gelaufen sind kam auf einmal Stefan auf mich zugestürmt.

„Hey, du bist ja wieder da!“ rief er begeistert, umarmte mich und wirbelte mich durch die Luft.
Hach, das Leben ist gar nicht sooo scheiße!
Jetzt konnte ich wieder lachen.
Und die anderen Unterrichtsstunden haben mich dann gar nicht mehr so interessiert. Ich muss am Wochenende erst mal Stoff aufholen, um da wieder mitzukommen.

Und jetzt lerne ich erst mal Vokabeln aus zwei Lektionen... Und später wollen wir noch auf den Weihnachtsmarkt...

**Freitag, der 6. Dezember**

Heute ist Nikolaus. Toll, das interessiert nicht!
Ich werde den Oberbürgermeister unserer Stadt davon überzeugen müssen, dass ein Weihnachtsmarkt hier total blöd ist.
Eigentlich ist der Markt ja recht cool. Eigentlich bin ich sogar gern da. Nicht, weil ich Weihnachten so toll finde, aber den Glühwein... Aber seit gestern ist mir der Markt egal.

Also, von Anfang an. Ich ging mit Lilly, Nina und Marie zum Weihnachtsmarkt. Nina wollte natürlich die ganze Zeit bei dem Glühweinstand  stehen bleiben, der von den Fußballern betreut wurde. Mir war's recht, da gab es guten Glühwein.

Nina wollte sich die Jungs noch mal aus der Nähe anschauen. Dabei kannten wir sie doch eigentlich alle. Denn das ist schließlich der Verein von Thomas. Aber das ist im Moment auch nicht mehr ganz so aktuell. Denn seit meinem glorreichen Auftreten beim Derby können wir uns da kaum noch blicken lassen.
Dementsprechend unwohl war es Lily und mir dabei, an diesem Stand zu stehen.

Aber Nina ließ sich nicht beirren. Und im Grunde hatte sie ja Recht. Denn da gab's das meiste „Frischfleisch".
Ich hab's ja gleich gewusst. Das mit Heiko aus dem Sportladen wird nix. Sie hatten die 3-Date-Marke zwar überstanden, nach dem vierten kam dann aber das Aus. Vorher war sie aber noch mal fett einkaufen. Denn durch Heiko hatte sie 20 % im Laden. Also, den hätte ich mir warm gehalten... aber das

muss sie selbst wissen.

Als wir so unseren Glühwein süffelten und ich mehr und mehr alles komisch fand, kam auf einmal ein Klaps von hinten auf meinen Allerwertesten.

„Hey!"
Ich drehte mich um und da stand Stefan mit Kumpane.
Stefan erzählte mir, dass es mit seiner Freundin grad doch nicht so hinhaut. Sie sagt zu ihm, er sei voll lieb und so, aber sie wolle die Freundschaft zwischen ihnen auch nicht aufs Spiel setzen. Tss. Egal ob männlich oder weiblich: Wenn du den Satz hörst, weißt du sofort, der findet dich zwar ganz nett, aber du bist weder sexy, geil, noch gut genug, um mit diesem Menschen zusammen zu sein.
Stefan tat mir leid. Jetzt schien sich doch grad mal alles für ihn zum Guten zu wenden.

Aber ich war froh, dass ich so einen Satz von meinem Anti-Stangen-Retter nicht hören musste. Das hatte sich ja anders geklärt.
Außerdem kann der Junge nix für mich sein. Denn irgendwie blamier ich mich bei ihm jedes Mal bis auf die Knochen.
Und überhaupt. So toll war er auch nicht.

Da hörte ich auf einmal Nina sagen: „Hohoho, Mädels guckt nur mal, was meine weihnachtlich glänzenden Augen da entdeckt haben. Der Junge sieht gut aus. Holla. Da bin ich platt! Ran an den Mann!".

Das war nun mal wieder typisch! Trotzdem schaute ich in die Richtung in die sie blickte und ihr zukünftiges Opfer auserkorte. Und ich bekam einen Herzstillstand.
Der Anti-Stangen-Retter!

Automatisch versuchte ich im Boden zu versinken.

Bei den Kopfsteinpflastern in der Fußgängerzone ist das aber so schwierig. Also ging ich einen Schritt hinter Stefan und versuchte mich zu verstecken.
Gelang mir auch erst. Bis Stefan „hey Nico altes Haus" rief und dieser auf uns zusteuerte.

Verdammt, wieso kennen die sich??

Ich trat einen Schritt zurück. Nur weg hier.

Dummerweise stand hinter mir der große Weihnachtsbaum.

Ich stolperte und fiel direkt in den Baum. Und der Baum sank langsam mit mir zu Boden. Die Leute drehten sich um, starrten mich an und fingen an zu lachen. Nico guckte nur dumm. Lilly schaltete sofort, reichte mir die Hand, zog mich hoch und wir verschwanden in der Menge.

Wieder einmal ein peinlicher Auftritt mehr auf meiner Liste. Und deshalb werde ich beim Oberbürgermeister beantragen, den Nikolausmarkt abzuschaffen. Das Ganze ist einfach viel zu peinlich. Nebenbei kann man ja auch gleich Derbys und Magenschmerzen verbieten. Und ich hätte keine peinlichen Momente mehr im Leben. Schluchz.

**Freitag, der 6. Dezember, später**

Lilly, Marie und Nina wollen mich unbedingt aufheitern. Mit Telefonkonferenz haben sie bei mir angerufen und angedroht, mich jeden Tag morgens abzuholen und mich zur Sau zu machen, wenn ich heute Abend nicht mitkomme.
Ich sei schließlich eine Freundin von vieren und ohne eine fällt alles zusammen.
Ich fand's ja irgendwie süß – also hab ich mich breitschlagen

lassen. War ja klar...

## Freitag, der 6. Dezember, noch später

Lilly holt mich gleich ab. Ich hab gar keine Lust. Aber ich seh‘ ganz gut aus. Hab die Haare hochgesteckt und mich schön geschminkt. Nina will eine Sektflasche zur Feier des Tages mitbringen. Ich wette, sie weiß noch nicht mal, warum wir Nikolaus feiern. Aber egal, darauf kommt’s ja auch nicht an. Hauptsache, ich muss für keinen Bettler meinen Mantel zerschneiden, ich will nämlich meinen schönen roten anziehen, und da wär’s wirklich schade drum...
Trotzdem hab’ ich keinen Bock und auch ein komisches Gefühl. Liegt wohl noch am „Baumfall“...
Ah, es hat geklingelt. Muss los... Juhu... (Ironie!).

## Samstag, der 7. Dezember

Tiefer kann man nicht fallen. Ich dachte ja schon, ich hätte alles hinter mich gebracht was es überhaupt nur gibt. Tut’s aber nicht...
Nachdem ich Nico, meinen Anti-Stangen-Retter, wieder mit seiner komischen Freundin aufm Weihnachtsmarkt getroffen habe und rücklings in den großen Weihnachtsbaum gefallen bin, dachte ich eigentlich: Okay, jetzt geht’s nicht mehr weiter. Waren ja auch schon genug persönliche Fehltritte seit ich Nico getroffen habe.

Aber nöööö, ich schaff’s doch tatsächlich immer wieder, in ein neues Fettnäpfchen zu treten.
Jawohl, schon wieder!!!

Aber wer ist auch schon so blöd und entkleidet den Nikolaus?!

Okay, ein bisschen hätte ich es mir ja denken können, dass das vielleicht keine brillante Idee ist, dies zu tun...

Ich bin mit Nina, Marie und Lilly gestern ins Juze zur Nikolausparty. Nina erzählte uns, sie hätte von einem Gerücht gehört, dass es einen Striptease-Nikolaus geben würde.
Darüber musste ich mit den anderen beiden herzhaft lachen. Also bitte, es gab für uns da ja noch nicht mal Alkohol. Da werden die uns grad einen nackten Mann präsentieren.
Aber lustig fand ich's trotzdem. Und es hat mich wenigstens auch ein bisschen von dem Schlamassel mit Nico abgelenkt. Ich nahm einen großen Schluck aus Ninas Sektflasche, um endlich mal den ganzen Mist mit den Jungs zu vergessen.

Dann begegneten wir schon dem nächsten Jungen. Doch der war genau der Richtige: Der Nikolaus. Na prima! Jetzt fehlte ja nur noch der Strip! Das fanden die Mädels auch. Und ich allen voran.
Ich meine, was hatte ich denn noch zu verlieren? Soviel wie ich mich in den letzten Tagen blamiert habe, das passiert anderen nicht in einem ganzen Leben!!
Außerdem war ich so gefrustet, dass ich mir dachte, ich könnte ja wohl auch mal ein bisschen Gas gebe. Wie gesagt, soviel Fettnäpfchen wie mir in den letzten Wochen begegnet sind, finden andere in einem ganzen Leben nicht!

Also, was mach' ich? Ich nehme noch einen großen Schluck aus der Sektflasche und begebe mich auf den, bis dahin noch unbekannten Weg, in den Abgrund der Peinlichkeiten.

Der Nikolaus kam aus einer anderen Richtung als die Nikoläuse aus der Disko. Also nahmen wir natürlich an, dieser Nikolaus sei ein „Striptease-Nikolaus".

Und was macht Klein-Beschwipst-Nati?? Ich steuere natürlich voll auf ihn zu, von meinen Mädels angefeuert, beginne ich vor ihm zu tanzen.
Der Sekt aus der Flasche schwappt über und ich werde umso kräftiger angefeuert. Eine private Vorstellung bekommt ja schließlich auch nicht jeder.

Ich begann also, einem wohl etwas verdutzten Nikolaus an den Gürtel zu gehen. Darunter war eine coole Jeans und ein verdammt cooles Sweatshirt.
„Hopp Niko“, meinte ich frech. „Zeig uns, was ein Nikolausi so alles drauf hat für die kleinen Mädchen dieser Stadt!“.

Das ist jetzt keine Entschuldigung, aber ich hatte echt ’nen gewaltigen Schwips.

Ich nahm seinen weißen Bart in die Hand, zog ihn vom Nikolausgesicht weg und ließ ihn wieder zurückschnallen - und mir entfuhr ein Schrei.
Der Anti-Stangen-Retter!!

In dem Moment kam auch schon der Nikolaus-Helfer mit einer Horde Kinder auf uns zu: „Hey Nico“.

Ach du heiliger Bimbam!
„Tut mir leid, Kleines“ meinte ein böser Nikolaus auf mich herab.
„Die guten Überraschungen sind schon für die braven Kinder und Nachwuchsspieler des Fußballclubs draufgegangen. Ich hab’ nur noch die Rute!“.

Die Kinder, sein Helferlein und auch ich schauten in zwei blitzende Nikolaus-Augen.
Nico war ganz offensichtlich wütend.
Wie war das denn alles nur wieder passiert?
Etwas verstört nahm ich den Abschied vom Nikolaus wahr.

Wieso?
Weshalb?
Warum?
Wenn ich doch nun schon weiß, dass dieser Bengel nix von mir will und eine Freundin hat, wieso passiert mir dann so was??

Und natürlich gab es auch gar keinen Nikolausstrip im Juze. Es gab nicht mal einen Nikolaus angezogen. Es gab gar nichts – außer meiner Peinlichkeit!
Es ist so erniedrigend, immer der Doofe zu sein. Und das bin dummerweise immer ich!!

Den Rest des Abends verbrachte ich damit, mich zu schämen und mich zu fragen: Wieso?
Und dummerweise hab ich auch jetzt noch keine gute Antwort, die mir das Leben wieder leichter macht.

Wer kann aber auch wissen, dass am 6. Dezember ein Nikolaus als Nikolaus, und nicht als Striptease-Nikolaus herumläuft…??

## Sonntag, der 8. Dezember

Wenn man, so wie ich, ganz tief fällt, und noch ein bisschen weiter – landet man dann nicht irgendwann in der Hölle? Ich meine, ich mach das ja nicht mit Absicht!!
Ich weiß auch nicht, was in letzter Zeit los ist. Ich könnt heulen. Was heißt, ich könnte. Ich heule. Es ist echt zum Kotzen. Es ist total verwirrend!
Damals mit Jonathan dachte ich ja schon, dass alles kompliziert wäre. Von wegen mag er mich oder nicht, und dann auch noch in einer Klasse zu sein...
Ich hätte ja nie gedacht, dass ich das alles einfach mal so über-

treffen würde. Dass alles, was ich im Leben bisher angestellt habe, einfach noch schlimmer wird. Es ist einfach schrecklich peinlich dieses Leben...

Punkt 1:
Ich kann's immer noch nicht glauben. Wer nimmt an, dass am Nikolaustag ein Nikolaus als Striptease-Nikolaus rumläuft?? Ich dachte echt, der wollte strippen. Sonst wäre ich doch nie so frech zu ihm geworden und hätte gesagt: „Zeig mal, was du uns bieten kannst, Nikolaus!".
Echt. Mit Nina, Lilly und Marie geh ich nirgends mehr hin. Die lachen und ich trete ins Fettnäpfchen. Ich glaub, ich bin da in den Topf gefallen als Kind. Wie Obelix in den Zaubertrank.
Aber dass der nicht strippende Nikolaus dann auch noch Nico, mein Anti-Stangen-Retter, ist. Was steht der auch vor einer Diskothek rum, in der es angeblich einen Nikolausstrip geben soll... Kann ja keiner wissen. Und nie wieder glaub ich irgendeinem Gerücht.
Strip im Juze – wer hat sich das denn einfallen lassen??
Und noch schlimmer, dass ich darauf voll eingehe.
Also, allein das schon als Peinlichkeit super unübertreffbar.
Tss, denkste!
Ich übertreff' mich selbst!

Punkt 2:
Nachdem sich das mit den Peinlichkeiten bei Nico so langsam echt zugespitzt hatte, dachte ich, es wäre vielleicht Zeit, ihm das mal zu erklären. Ist ja nicht so, dass ich Hals über Kopf in den Eierkopf verliebt wäre. Ja gut, ich fand ihn ja zunächst ganz schnuckelig. In den ersten drei Sekunden in denen ich ihn gesehen habe. Danach bin ich ja gleich gegen den Pfosten gelaufen. Was alles schon auf ein Chaos hingedeutet hat.
Aber mal ehrlich: Ich kann ja fast gar nichts mehr dafür! Ich lauf ihm ja nicht hinterher, sondern nur ständig über den Weg. Nikolaus war schon wieder so ein passendes Beispiel

dafür. Ich wollte ja nur mal wieder so richtig Spaß haben – um mich von dem Desaster mit Nico zu erholen – und lauf direkt in das nächste hinein...
Ich könnte ihm ja wirklich mal sagen, dass das nicht meine Schuld ist. Oder vielleicht besser, dass ich mich nicht mit Absicht so zur Schau stelle. Nachher meint der noch, ich hätte ein Mittelpunktsbedürfnis und müsste mich so ins Scheinwerferlicht drängen. Also nun wirklich nicht!
Aber eigentlich war es mir da auch schon fast egal. Denn jetzt wollte ich ihn eh nicht mehr. Und er mich bestimmt schon dreimal nicht. Und überhaupt, was juckte mich dieser Kerl. Mich juckte lediglich meine spannende Haut.

Während ich so über Nico und meine Auftritte nachdachte, schrieb ich alles auf, was mich nervte. So etwa dumme Sprüche: „Warum bin ich so fröhlich - vielleicht weil bei dir eh alles zu spät ist!". Voll der Scheiß, ich weiß. Aber ich war so deprimiert, dass ich begann mich selbst schriftlich zu beleidigen. Das tut gut so was. Ehrlich!

Den ganzen Mittag verbrachte ich so an meinem Schreibtisch und kritzelte dieses Blatt voll. Allerdings in Schönschrift.
Irgendwann entschied ich mich Nico dann doch zu schreiben. Ich wusste ja, wo seine Oma wohnt. Da konnte ich ja den Brief an ihn adressiert hinschicken.

Also habe ich lediglich nur 6798 Anläufe gebraucht, um ihm in ein paar Sätzen alles zu erklären. Natürlich hab ich nicht drauf geschrieben, dass ich ihn mag, ihn vielleicht sogar toll, großartig, fantastisch oder einzigartig finden könnte.

Ganz sachlich habe ich ihm geschrieben, dass ich nichts dafür kann, so durch geknallt zu sein, dass das einzig und allein an meiner Mutter liegt. Sie ist an allem schuld. Falsche Erziehungsratgeber gelesen.
Und dass ich es natürlich akzeptiere, wenn er eine Freundin

hat. Dass er sein eigenes Leben hat, wie zum Beispiel seinen Fußball und so. Und das es als Letztes in meinem Interesse liegt, ihn in irgendwelchen Formen in seinem Leben zu stören und so..
Dass ich ihn halt nett finde, aber mehr nicht. Er muss sich also gar keine Sorgen machen, jetzt so eine kleine Tussi an der Backe hängen zu haben...
Und dass ich ihm alles Liebe und Gute wünsche...
Zufrieden mit mir selbst war ich irgendwann fertig mit dem Brief. Ich ging ins Wohnzimmer, holte einen Briefumschlag, ging zurück in mein Zimmer, schnappte mir den Zet-tel und ab damit zum Briefkasten. Nachdem ich den Brief mit viel Herzklopfen eingeworfen hatte, ging ich noch ein bisschen spazieren. Spät am Abend kam ich wieder, schaute fernsehen und ging irgendwann hoch in mein Zimmer. Und was sehe ich auf meinem Schreibtisch liegen??? Den Brief an Nico!!!
Was war denn nun schon wieder passiert??
Hatte ich etwa einen leeren Briefumschlag geschickt??
Wie peinlich. Gott sei Dank ohne Absender. Sauer auf mich selbst, fielen mir nicht gerade die nettesten Ausdrücke für mich ein. Also, war noch etwas auf meiner Beleidigtenliste anzufügen.
Aber wo war die??

Im selben Moment bekam ich eine echte Herzattacke!! Ehrlich.

Nein, verdammt, ich habe Nicos Brief in der Hand. Und er bekommt morgen Beleidigungen von mir mit meinem Namen!!! Wie tief kann man sinken?
Geht die Post nicht vielleicht heute Insolvenz und kann nicht mehr ausliefern??

## Montag, der 9. Dezember

In der Schule habe ich heute keine Sekunde lang was mitbekommen. Normalerweise check ich wenigstens noch die Angaben der Kapitel oder Lektionen. Heute hab ich gar nichts mitbekommen.
Ich bin nur froh, dass wir heute keinen Test geschrieben haben. Ich hätte voll schlecht abgeschnitten!
Aber dafür am Freitag eine Matheklausur. Wieso müssen die uns eigentlich vor Weihnachten nochmals so quälen. Weihnachten ist doch nicht am 24.!
Man muss doch auch die Weihnachtszeit davor genießen können! Ach, ich bin so traurig...
In der Pause war ich voll still. Mir war nicht zum Heulen zumute oder so. Ich war nur unglaublich depressiv. Vielleicht bekomme ich jetzt auch so ernsthafte Depressionen, dass ich so ein „Burn-out-Syndrom" bekomme wie diese ganzen berühmten und unglaublich wichtigen Leute.
Ach Mensch, wieso ist das Leben denn manchmal nur so kompliziert. Es ist ja nicht so, dass ich darum gebeten hätte, Nico irgendwo wiederzusehen.
Gut, am Anfang schon... Ach egal.
Da ich so beschäftigt mit mir selbst war, fragte Marie ständig nach, was los sei, aber ich hatte keine Lust darüber zu reden.
Nina hat in der Pause nur von neuen Lippenstiften gequatscht. Farben gestalten nämlich das Leben, sagt sie. Na, das kenne ich doch. Es war doch auch Lilly, die meinte, sie müs-se orange beim Fußball tragen. Orange-rot-blau war danach lediglich meine Beule am Kopf...

„Komm, wir gehen mal den Stefan suchen" meinte Marie dann, hakte sich bei mir unter und lief mit mir los.
„Lassen wir die anderen beiden mal ihre Farbdiskussionen führen!" lachte sie.
Ich nickte nur.
Marie schwieg auch und wir liefen planlos über den Schul-

hof. Stefan konnte ich auch nirgends sehen.
„Bist du sauer auf mich?“ fragte Marie.
„Nein!“ meinte ich ehrlich und schaute sie schockiert an.
„Wie kommst du denn da drauf?“ fragte ich sie.
„Na ja“, begann sie zögerlich.
„Wegen Marc“ gestand sie.
Hä? Hatte ich da irgendwas nicht mitbekommen?

Ich sah Marie verwirrt an.
Marie schaute mich auch nur verunsichert an.
„Wieso sollte ich denn sauer auf dich sein?“ fragte ich sie nochmals.

„Na, weil der Marc und ich jetzt doch zusammen lernen!“ antwortete sie selbstverständlich.
Also irgendwas hatte ich jetzt wohl tatsächlich nicht bekommen.
„Seit wann denn?“ fragte ich Marie verdutzt.
„Na, seit letztem Wochenende! Das hab ich doch erzählt!“ sagte sie fest.

Ach, ehrlich? Hatte sie? Keine Ahnung. Hab ich wohl nicht mitbekommen! Aber gibt’s denn das? War ich etwa mal wieder so mit mir selbst beschäftigt, dass ich um mich herum überhaupt nichts mitbekomme?
War mir echt peinlich und erst recht vor Marie. Also wollte ich das natürlich auch überhaupt nicht zugeben.

„Ach ja stimmt!“ meinte ich deshalb nur.
„Und, wie läuft’s?“ fragte ich sie.
„Ja, ganz gut eigentlich. Er ist schon lustig“ meinte Marie kichernd.
Ich sah sie verblüfft an.
„Hey, du sollst mit ihm lernen und nicht flirten!“ meinte ich spaßig vorwurfsvoll.
Marie sah mich mit großen Kulleraugen an.

„Tu ich ja gar nicht!“.
„Was denn? Lernen oder flirten?“ lachte ich.
Und Marie wurde tatsächlich rot. Ich hab mich fast kaputtgelacht.
„Flirten!“ flüsterte Marie schüchtern.
Ach, das war ihr wohl peinlich?
Ich musste noch mehr lachen.
Die Pause war dann aber zu Ende und wir trafen wieder auf Nina und Lilly, die immer noch über Farben plapperten und sie fragten mich, was denn so lustig wäre.

„Marie flirtet“ flüsterte ich lachend.
Marie boxte mich in die Seite.
„Aber ihr dürft's nicht weitersagen. Sonst schlägt sie euch auch!“ prustete ich heraus.
Marie wurde noch mehr rot als sie ohnehin schon war.
Lilly lachte auch und Nina meinte nur amüsiert: „Das ist nur eine Frage der Zeit, bis es zwischen denen gewaltig funkt!“.
„Wenn's nicht schon gefunkt hat!“ meinte ich immer noch lachend.
Marie tat auf eingeschnappt und stapfte vor uns voraus in die Klasse.

Hm, komisch. Da hat sie mich jetzt wirklich an mich erinnert. Damals mit Jonathan.
Dann hab ich im Unterricht die ganze Zeit Marie und Marc beobachtet. Aber es ist nichts vorgefallen. Aha: Stadium eins. Man beachtet sich noch nicht in der Schule.
Ich musste an Jonathan und mich denken.
War ja schon irgendwie süß mit uns.

Jonathan ging mir dann die ganze Zeit nicht mehr aus dem Kopf.
Bis ich ihn vorhin angerufen habe. Ich wollte nur mal so hören, wie es ihm geht. War irgendwie ein komisches Telefonat.

Die letzten Male, die wir uns gesehen haben, im Schwimmbad oder im Juze oder so, das war irgendwie viel lockerer. Dann aber ist mir auch aufgefallen, dass wir, seitdem wir Schluss gemacht haben, gar nicht mehr telefoniert haben.
Uuups. Habe ich gar nicht gemerkt.
Und erzählen konnten wir irgendwie auch nicht richtig.
Ich hab ihn bestimmt zehn Mal gefragt, wie es ihm so geht.
Und er mich zehn Mal: „und selbst?". Total bescheuert.
Und im Prinzip haben wir eh nur über die Schule und Marc gesprochen.
Das von Nico kann ich ihm ja wohl schlecht erzählen. Und ich weiß eigentlich auch nicht mehr von ihm als vor dem Telefonat.
Ist halt irgendwie auch blöd.
Denn ich kenne ja niemanden aus seiner Schule. Weder Lehrer noch Schüler.
Und er kennt ja alle. Und irgendwie glaub ich, dass es für ihn schon blöd zu hören ist, was wir so machen und so.
Ich hatte jedenfalls das Gefühl, dass er es gar nicht so richtig hören will...
Als mal wieder eine Pause im Gespräch war, habe ich erzählt, dass Marc jetzt mit Marie zusammen lernt.
Er wusste das gar nicht. Und erst Recht wusste er gar nicht, was er darauf sagen soll.
Ich hab mir dann jedenfalls gedacht, ich erlöse den armen Kerl von diesem anstrengenden Telefonat und habe das schleppende Gespräch beendet.
Hm, und jetzt?
Manchmal fehlt mir echt ein Geschwisterchen. Das hätte ich dann gerade mal voll genervt. Denn ich war so gelangweilt.
Aber ich wollte nicht die Mädels anrufen. Das ist manchmal auch so anstrengend.
Also habe ich Stefan angerufen. Aber der war nicht zu Hause.
Und auf dem Handy wollte ich nicht anrufen. Wenn er jetzt mit seiner Freundin unterwegs ist, dann störe ich ihn ohnehin eh nur...

Also blieben mir ja nur noch zwei Möglichkeiten. Ich kann mich wieder mal ein bisschen selbst bemitleiden. Aber das habe ich in letzter Zeit schon so oft getan und hatte deshalb überhaupt keine Lust drauf.
Also gut. Dann mach ich halt doch jetzt Hausaufgaben...

**Dienstag, der 10. Dezember**

Also, wo ist das Loch, in dem ich versinken kann? Heute ist bestimmt der Tag.
Der Tag, an dem die Ärzte bei mir vorbeischauen werden, weil sie vom Anti-Stangen-Retter angerufen wurden.

Er hat ihnen erzählt, wie durch geknallt ich bin und dass ich ihm nun kürzlich einen Brief mit lauter Selbstbeleidigungen geschickt habe. Voll gestört!

Das glaubt mir eh keiner, wenn ich es erzähle. Auch mein Fahrlehrer glaubte es mir heute nicht. Ich hatte mit Lilly gemeinsam Fahrstunde. Gemeinsam wären wir auch fast in den Tod gerast. Na ja, nicht wirklich. Ich saß ja alleine auf dem Roller. Lilly hinter mir im Fahrschulauto.
Ich war aber so in Gedanken, dass ich beim Fahren und Denken immer langsamer vom Gas ging. Zwei Dinge auf einmal zu machen ist aber auch anstrengend.
Immerhin musste ich zusätzlich auch noch auf die Straße gucken. Mein Fahrlehrer Joe schrie einmal kräftig durch den Helm in meine Ohren und meinte, wenn ich nicht sofort Gas geben würde, fährt er mir mal kräftig hinten rein.
Also gut, geb' ich eben Gas, dachte ich mir. Bin dabei etwas zügiger auf eine Kreuzung gefahren. Verdammt, die Ampel wird rot. Bremsen oder Gas geben?
Na ja, Joe hat doch gesagt, ich soll Gas geben. Und immerhin saß ich auf einem 50-er Roller. Zwar gedrosselt, aber das

Ding kann schon was.
Also dachte ich, ich gebe Gas.
Aber auch nur so lange bis Joe hysterisch in meinen Helm donnerte: „Stooooop!“.
Gut, halte ich eben an der roten Ampel an. Aber dann soll er sich doch auch nicht beschweren, wenn ich so langsam fahre!
Am Ende meines wirklich überzeugenden Auftritts, rieb sich Joe die Hände und bedankte sich bei mir. Als ich ihn fragte wofür, meinte er, ich gehöre zu den Menschen, die ihm Geld bringen. Aha.
Und meine Eltern gehören zu denen, die sich bald keinen Urlaub mehr leisten können. Nach mir war Lilly mit dem Fahren dran und was war das? Die Gute fuhr, als hätte sie noch nie etwas anderes gemacht. Sicher brachte sie mich im Schlepptau des Fahrschulwagen nach Hause.
Na toll, jetzt war ich noch deprimierter.

Mit tief gesenktem Kopf machte ich mich auf den Weg zu unserer Haustür. Da entdeckte ich auf einmal ein paar Schuhe, die definitiv nicht zu meinem Körper gehörten. Da saß jemand. Und nicht irgendjemand!
Da saß mein Anti-Stangen-Retter Nico. Und er hielt meinen Brief in der Hand!
Scheiße, Scheiße, Scheiße!
Oh Gott. Ich hab' echt ungelogen meine Pulsschlagader klopfen gespürt!
Was kann ich sagen? Was kann ich tun?
„Der Brief ist nicht von mir!“ versuchte ich gleich mal ansatzweise in Deckung zu gehen.
Verdammt. Geht ja gar nicht. Erstens steht da ja überall mein Name drauf und zweitens wüsste ich ja gar nicht, dass es um den Brief geht, hätte ich ihn nicht geschickt.
Verdammt!
Was jetzt?
Erst wurde mir schwindelig, die Beine begannen zu zittern,

doch dann besann ich mich, schüttelte den Kopf, atmete durch und holte tief Luft, um mit einer riesigen Erklärung endlich alles aus dem Weg zu schaffen.
Denn ehrlich gesagt, hatte ich Nico schon fast vergessen. Zumindest in den letzten zwei Fahrstunden. Ich hätte auch nie gedacht, ihn so schnell wieder zu sehen. Außer vielleicht, wenn ich gerade in einen Hundehaufen gelaufen wäre.
Unauffällig schaute ich gleich auf meine Schuhsohlen. Man kann ja nie wissen...

In dem Moment öffnete meine Mutter die Tür und ließ entzückt einen Schrei aus als sie den jungen Mann vor sich sitzen sah – mal wieder!
Ich schrie geistesabwesend und hysterisch: „Nein!" zu meiner Mutter.
Ich stieg an Nico vorbei, drehte meine Mutter an den Schultern wieder Richtung Haus und schloss die Tür hinter ihr.

Dann begann ich Nico zu erklären: Dass ich ihn in der Fußgängerzone so süß fand, ihn auf dem Fußballplatz wieder getroffen habe als der Ball zu mir geflogen kam und ich zehn Tage später deshalb immer noch krank war. Dass ich mich gefragt hatte, woher er meine Adresse kannte, mich über seinen, wenn auch kurzen Krankenbesuch gefreut hatte, ihn nett finde, aber immer in die peinlichsten Situationen gerate, wenn ich ihn sehe und dass alles nicht mit Absicht machte..
Und, dass ich ja weiß, dass er 'ne Freundin hat und ich mich mit dem Brief eigentlich nur für meine Auftritte entschuldigen wollte, aber na ja, die Peinlichkeiten eben.
So, fertig. Aber das musste jetzt echt mal gesagt werden!

Er stutzte kurz.
„Ich habe keine Freundin, das ist meine Cousine!".
Jetzt stutzte ich!
Oh du Himmel, wie klischeehaft.
„Ich fand dich auch nett, aber irgendwie verbreitest du ein

ziemliches Durcheinander um dich herum. Na ja, du meinst es ja anscheinend nicht böse.“.
Damit drückte er mir den Brief in die Hand und ging.
„Ach so“ rief er noch, „die Adresse hab’ ich von meinem Coach und der hat sie vom Arzt. Ich bin Spielführer, deshalb sollte ich gehen…“. Okay, wo ist der Eingang zur Hölle?

**Mittwoch, der 11. Dezember**

Erst wollte ich diese ganze peinliche Angelegenheit für mich behalten. Aber es ist ja nun mal so, dass Frauen die Klappe nicht halten können. Mädchen auch nicht. Also hab’ ich heut in der Schule gleich mal wieder Marie, Nina und Lilly alles brühwarm erzählt. Marie fand’s auch voll peinlich. Lilly hat gelacht und gemeint, ich sei das verplanteste Mädchen, das sie kennt. Super! Ist das ein Kompliment?
Nina versuchte gleich alles fachmännisch zu analysieren. Sie kam aber nicht weit und wird nun ihre Mutter um Hilfe fragen. Ich hätte mich mal wieder totlachen können. Die drei sind so durch geknallt.

Als die Pause zu Ende war, kam Marc auf einmal zu uns. Meinte zu mir „Hey Yeti, was geht?“ und wartete die Antwort gar nicht ab. Wieso eigentlich immer Yeti? Hat Jonathan auch schon immer gesagt. Sehe’ ich so scheiße aus?

Marc schaute jedenfalls gleich zu Marie.
„Mathe heut Mittag?“ fragte er sie.
Marie wurde rot, kicherte und bejahte.
„Okay, bis später. Und euch noch viel Spaß, ihr Hühner!“, damit drehte er sich um und lief voraus ins Klassenzimmer.

Hm, ich glaub, Marie ist verknallt. Aber sie wollte nicht antworten. Sie war nur immer noch knallrot im Gesicht. Alles

klar. Voll verknallt.
Wir haben dann einen Englischvokabeltest geschrieben. Überraschenderweise wusste ich alles bis auf ein Wort. Lief doch super.

**Donnerstag, den 12. Dezember**

Mir ist ganz schlecht! Was ist morgen für ein Tag??

Jawohl – Freitag, der 13. !!!

Oh bitte – nicht schon wieder!

Ich möchte nochmals dran erinnern, was beim letzten Mal passiert ist: Die ganze Familie hat voll verschlafen. Meine Mutter ist ausgetickt und wie Rambo mehrfach über unser Blumenbeet gefahren. Die Schule ist fast abgebrannt und Jonathan und ich mittendrin, um Herrn Schulz zu retten. Meine Oma hat ihr Hörgerät zertrampelt und mein Onkel hat sich mit der ganzen Familie ausgesperrt. Nicht zu vergessen den Sturzflug, den meine Eltern und ich im Supermarkt hingelegt haben. Und natürlich die Aufwartung, die mir Jonathan gemacht hat…
Was war das für ein Tag!
Und morgen schon wieder!
Ob ich gleich die Feuerwehr rufen soll??

Ich wollte eigentlich morgen wieder eine Fahrstunde nehmen. Aber Joe, mein Fahrlehrer, hat gemeint, das wäre wohl nicht so gut.
Hey, seit wann ist der denn abergläubisch??
Lilly kam heute Mittag bei mir vorbei.
Eigentlich wollte sie mit mir Mathe machen. Haben wir natürlich nicht gemacht und jetzt muss ich das gleich noch tun.

Mal wieder heimlich im Bett. So dass es meine Mutter aber nicht spitzkriegt. Wenn die wissen würde, wie oft ich zu Hause die Hausaufgaben noch schnell im Bett mache oder wie oft ich sie am nächsten Morgen schnell abschreibe... Mann...

Jedenfalls haben Lilly und ich uns mal so richtig ausgequatscht. Denn irgendwie war in der letzten Zeit alles ein bisschen verhext, wegen diesem Vorfall beim letzten Heimspieltag.
Wenn Lilly schon jedes Mal da ist, um Thomas zu beobachten, kann sie ihm ja auch gleich sagen, dass sie in ihn verliebt ist. Das wäre doch wesentlich leichter – für uns alle!
Lilly ist an die Decke gehüpft, als sie das gehört hat.
Sie hatte bis jetzt so panische Angst, dass es rauskommen könnte, dass sie Thomas mag. Also nicht vor den Mädels und mir, aber vor Thomas. Das wäre ihr wahnsinnig peinlich!
Dafür läuft sie ihm jetzt lieber hinterher. Aber bitte so, dass er es nicht bemerkt. Und das seit einem geschlagenen halben Jahr. Irgendwann würde er mit einer Freundin auftauchen. So ein gut aussehender Junge bleibt nicht lang allein. Und dann ist das Geheul groß...
Aber bitte...
Ich sagte das mal nicht. Sonst ist sie wieder beleidigt. Lilly ist nämlich manchmal ein bisschen zickig.

Nina und Marie kamen dann noch vorbei. Dann war die Bude voll und wir beschlossen mal wieder einen drauf zu machen.

Mein letztes Wochenende war ja auch nicht so der Brüller, als ich gleich freitags am Nikolaustag mit Lilly und Marie samt Nina zur Nikolausparty wollte und schon im Glühweinrausch den erstbesten Nikolaus, der ja dummerweise Nico war, zum Strip aufforderte... iiihh – ich mag gar nicht dran denken…Ich weiß auch nicht, was das war. Ich find' nackte Männer voll ätzend. Also den Nico jetzt vielleicht nicht. Aber ich kann's mir jetzt auch gar nicht vorstellen, ihn nackt zu sehen. Also, ich mein jetzt auch so ganz nackt – so ohne Hose... Hab noch nie einen Jungen so gesehen. Nicht mal meinen Vater. Will ich auch nicht. Und die Bilder in der Bravo find ich auch nicht gerade prickelnd...

Aber ich muss das mit Nico jetzt vergessen. Immerhin war er bei mir zu Hause. Wenn auch nur vor der Haustür, um sich zu beschweren, in was für einen Käse ich ihn immer verwickle. Fakt ist: Wir haben uns ausgesprochen! Von wegen, dass ich halt manchmal ein bisschen chaotisch, aber eben auch eigentlich irgendwie und manchmal nett bin...

**Freitag, der 13. Dezember, 0:00 Uhr nachts**

Hilfe, Hilfe, Hilfe!! Ich habe Angst. Heute ist er. Der berüchtigte Freitag, der 13. Ich mag mir gar nicht ausmalen, was für ein Pech er über mich bringen kann. Der Freitag, der 13. Das ist die Steigerung deines Pechs... Und ich hab doch schon so viel davon. Ich kann nicht einschlafen... Fängt ja gut an.

**Freitag, der 13. Dezember, morgens – noch nichts Schlimmes passiert**

Ich hab nicht verschlafen!! Wow!! Trotzdem, er ist da: Der Freitag! Der 13.! Zum zweiten!!
Ich muss mich ablenken. Deswegen mach ich mir heute Morgen erst einmal einen guten Tee mit ‚nem Schuss Schnaps drin. Das trinkt meine Oma immer. So ein braunes, klebriges Dingens. Meine Oma sagt immer „Kind, Alkohol schadet nicht! Jeden Tag ein Gläschen Wein und du wirst 100 Jahre alt!".

## Freitag, der 13. Dezember, kurz vor Schulbeginn

Protokoll:
Ich habe gefrühstückt. Erst durfte ich keinen Schnaps in meinem Tee haben. Meine Mutter meinte, ich spinne ja wohl! Dann meinte ich aber, ich brauche den, weil heute Freitag der 13. ist. Meine Mutter war so erschrocken, dass ihr die Kaffeetasse aus der Hand gefallen ist. Aber nicht nur ihre Tasse war kaputt, sondern sie hat sich beim Aufheben auch gleich noch geschnitten!
„Siehste“ sagte ich.
„Es ist Freitag, der 13.! Ich brauch ’nen Schnaps!“ erwiderte ich bestimmt.
„Du brauchst keinen Schnaps, du brauchst bessere Noten!“ meinte meine Mutter jetzt auf einmal schlecht gelaunt.
„Bitte, Mama!“ meckerte ich.
„Erstens helfen bessere Noten am Freitag, den 13. auch nicht und zweitens hab ich doch ganz gute Noten!“.
Schweigen.
Meine Mutter sah mich nur kurz an, hielt dann ihre blutige Hand unter den Wasserhahn und sagte nur: „Mach dich fertig. Ich fahr dich!“.
„Nee, danke!“ sagte ich ablehnend.
„Ich lauf lieber!“ grinste ich.
Meine Mutter schaute mich erst mit kugelrunden Augen an, dann grinste auch sie.
Aha. Sie hatte also ihre Rambofahrt durch unseren Vorgarten auch nicht vergessen!

Als ich aus der Küche lief kam mir mein Vater entgegen. Völlig gestresst.
„Was ist los?“ fragte ich ihn im Vorbeigehen.
„Ich kann meine Autoschlüssel nicht finden!“ meinte er gehetzt.
„Na kein Wunder!“ entgegnete ich nur.
Mein Vater sah mich fragend an.

„Na Papa! Heut ist Freitag, der 13.!“ antwortete ich so, als ob das überhaupt nichts Besonderes wäre.
Meinem Vater allerdings blieb auf einmal der Mund offen stehen. Er schaute ungläubig und, ich würde sagen, sogar leicht verunsichert zu meiner Mutter.
Die grinste mittlerweile nur breit und meinte wieder gut gelaunt: „Du kannst deine Schlüssel nicht finden?“

Oh nee! Ich hab ja mittlerweile das Gefühl, dass ihr der Freitag, der 13. gefällt! Wenn das nicht am Ende sogar noch ihr Lieblingstag wird. Da kann sie wenigstens mal so richtig ausflippen...

Jedenfalls sind sie jetzt schon aus dem Haus und ich hab nur gefragt, ob sie eigentlich eine Lebensversicherung abgeschlossen haben. Mein Vater fand das nicht so lustig – meine Mutter zwinkerte mir nur lachend zu...

Jetzt bin ich so verunsichert, dass ich mich kaum aus dem Haus traue... aber ich muss jetzt los.

Ich habe sonst ja schon panische Angst vor Leitern und schwarzen Katzen. Und vor dem Anti-Stangen-Retter. Also vor Nico. Wie peinlich. Ich stell jedes Mal was an, wenn er irgendwie nur in der Nähe ist.
Ich habe, glaub’ ich, ne Anti-Glück-Allergie bei ihm. Sobald er sich auf 100 Meter nähert, ist mir mein Pech statt des Glückes hold. Manchmal glaub’ ich echt, ich bin mit Onkel Donald verwandt. Dem aus Entenhausen. Ich finde, unsere Schnäbel und die schnelle Art zu reden sind sich ähnlich.

Oder aber es kommt noch schlimmer: Mich könnte ein Taifun erfassen. Oder ich falle bei einem Erdbeben der Stärke 10 in ein Erdloch. Oder aber mein Glücksengel, der sonst immer nur schläft anstatt für mein Glück zu sorgen, geht als Matrose auf die Aida und macht sich dort ein schönes Leben

und ich hab ab heute nur noch Pech!!
Ich glaub' mir wird schlecht...

Na ja, ich muss jetzt mal los – mich in mein Unglück stürzen.

**Freitag, der 13. Dezember, abends**

Uff – was ein Tag!
Also:
Ich kam natürlich zu spät in die Schule. Ich hatte wohl zu viel Zeit damit verbracht, heute Morgen schon Tagebuch zu schreiben. Dann war ich 15 Minuten später erst da und bin mitten in unsere Matheklausur reingeplatzt. Verdammte Scheiße! Die hatte ich ja total vergessen! Hätte ich daran gedacht, hätte ich zwar auch nicht gelernt, aber dann wäre ich noch 30 Minuten später gekommen.

So musste ich mich aber hinsetzen und mitschreiben. Ich hab kläglich versagt, fürchte ich.
Statt mich dann von dem Stress ausruhen zu können, wurde ich auf einmal in der zweiten Stunde ausgerufen. Über die Lautsprecher! So dass es die ganze Schule hören konnte:
„Nati Käfer – bitte ins Sekretariat! Nati Käfer – bitte ins Sekretariat kommen!".
Hä? Super! Was war denn jetzt los?!

Erst war es mir voll peinlich. Dann befiel mich leichte Panik. Es konnte eigentlich nur sein, dass es ein wichtiger Anruf war, der das Sekretariat dazu veranlasste, mich ausrufen zu lassen.
Also bin ich ziemlich nervös zum Direktorat gelaufen.

„Deine Mutter", meinte die Sekretärin nur gleichgültig.

Na, also bitte! Sie könnte ja wohl ein bisschen mehr Gefühl zeigen. Es ist immerhin Freitag der 13. und meine Mutter ruft ja auch nicht jeden Tag in der Schule an. Schon gar nicht einfach nur so, um zu fragen ob alles okay sei.
„Ich wollte nur hören, ob alles okay ist!“ meinte meine Mutter am anderen Ende der Leitung.

Na klasse! Meine Mutter – das hysterische Etwas!
„Ja Mama – alles klar“ antwortete ich genervt.
„Wirklich?“, hakte sie nochmals nach.
„Du klingst nicht so!“ stellte sie besorgt fest.
„Doch, alles okay!“ meinte ich standhaft.
„Ich hab nur grad 'ne Matheklausur versaut!“ gestand ich.
„Wieso denn das?“ fragte sie entsetzt.
„Hast du nicht gelernt? Wieso hast du denn nicht gelernt? Du hättest doch was sagen können! Dann hätte ich mit dir gelernt! Wieso hast du sie denn versaut? Was hast du denn gemacht? Was hast du denn nicht gekonnt? Um was ging es überhaupt?“
Oah nee! Keinen Bock jetzt auf so ein Gespräch. Kotz.
Sie wusste ja eh nicht, um was es ging...
„Mann, Mama“ motzte ich.
„Ich hab's halt versaut. Keine Ahnung. Hab's halt nicht gekonnt...“, antwortete ich weiter erschlagen.
„Und warum hast du es nicht gekonnt? Du hättest ja ruhig auch lernen können – oder etwa nicht?!“ motzte nun sie.
Ich dachte, ich flippe' gleich aus.
„Mann, Mama!“ fauchte ich sie an.
„Heut ist Freitag der 13.! Da darf ja wohl mal eine Matheklausur schief gehen!“ keifte ich sie an.
„Da brauchst du jetzt aber nicht gleich so garstig zu werden!“ belehrte sie mich.
„Ich kann ja nichts dafür!“ stellte sie entschlossen fest.
Ja klar, hab ich mal wieder alles versaut.

„Hör mal, wenn nichts Schlimmes passiert ist, dann könnt

ihr ja wohl eure Privatgespräche auch zu Hause führen!" pflaumte mich die Sekretärin an.
Und da musste ich ihr glatt Recht geben.
„Hast du gehört Mama?" belehrte nun ich meine Mutter. „Privatgespräche werden nur zu Hause geführt. Ich muss jetzt auflegen und zurück in den Unterricht – lernen!" meinte ich bestimmt.

Ich spürte förmlich, wie meine Mutter gerade Luft holte, um mich weiter zu belehren, dass ich jetzt mal nicht so frech werden sollte und so ein Quark...
„Ich hab dich lieb – bis heute Abend!" sagte ich aber schnell und nahm ihr so den Motz-Wind aus den Segeln. Das mach ich schon richtig gut...
Dann hab ich aufgelegt und wollte zurück ins Klassenzimmer.

Ich bin um die Ecke gebogen vom Sekretariat aus und direkt gegen den Wassereimer vom Putzdienst gerannt, der natürlich genau da in diesem Moment an diesem Tag in diesem Flur gewischt hat.
Ich also den Eimer voll frontal erwischt, der Eimer fliegt um, kullert die drei Stufen des Gangs runter und der ganze Boden wurde nass. Ich bin so erschrocken, dass ich noch ei-nen Sprung machte, um den Fall des Eimers aufzuhalten, und statt irgendwas aufzuhalten, flog ich gleich hinterher. Ich bin so was von aufs Steißbein gefallen. Mann – das tut echt weh!!
Dann saß ich erst mal auf dem nassen Boden und die Putzfrau kam auf mich zugelaufen. Hat irgendwas gebrabbelt, von dem ich nun wirklich gar nichts verstanden habe.
War mir dann auch egal. Ich war ja total nass am Hosenboden. Ich sah aus, als hätte ich in die Hose gemacht...
Also bin ich ins Mädchenklo, um mich an dem Heißlüfter wieder trocken zu föhnen.
Ich hab mein Hintern hingestreckt und mich trocken blasen

lassen. Als ich schon fast fertig war, ging auf einmal die Tür auf und eine unserer Schullehrerinnen stand vor uns. Schneider heißt die Kuh, wie ich mittlerweile weiß.
„Rauchst du hier?“ meinte sie voll böse.
Nee, sieht man hier etwa ’ne Zigarette?!
„Nein!“ antwortete ich deshalb auch nur ehrlich.
Keine Ahnung - ich rauch ja nicht. Aber ich glaube nicht, dass die Raucher immer mit dem Hintern unter dem Trockner stehen.
Jedenfalls glaubte sie mir nicht und wollte meinen Namen und meine Klasse wissen. Hab ich ihr dann auch gesagt. Sie hat gemeint, was ich denn hier machen würde. Sie hätte gesehen, dass ich schon seit einiger Zeit drinnen war.
„Bist du etwa auf die Toilette gegangen?“ fragte sie ungläubig.
„Nein“ antwortete ich ehrlich.
Aber zu mehr Erklärungen bin ich nicht gekommen.
„Du gehst jetzt mal mit ins Direktorat!“ sagte sie und ging voraus.
Na super! Da war ja wohl jede Gegenwehr sinnlos!
Also bin ich mit gedackelt...

Als wir zur Sekretärin kamen meinte die nur: „Du schon wieder?“.
Die alte Schreckschraube der Rauchaufsicht schaute etwas verwirrt, ging dann aber zum Direktor rein.
Ich persönlich fand ja, dass sie 1. echt übertrieben hat und 2. sah meiner Meinung der Rektor genervt aus, als er die alte Kuh gesehen hat.
Sie allerdings schob mich siegesgewiss vor sich her und triumphierte: „Direktor Schmitt. Das hier ist Nati Käfer aus der 7 a. Ich hab sie beim Rauchen auf dem Mädchenklo erwischt!“

Der Direktor sah mich an. Irgendwie fand ich, dass er so schaute, als würde er ihr nicht glauben – aber er hat sich

nichts anmerken lassen.
Ich kenn den Direktor auch, so vom Sehen. Der ist eigentlich voll nett.
Ich bin mal vor seinen Augen direkt gegen eine Glastür gelaufen. Ein andermal ist mir mein Schulbrot runter gefallen – direkt auf seine Schuhe.
Und natürlich beim letzten Freitag, den 13. kam er auch zu meinen Eltern, weil ich doch da mit Jonathan und dem Herrn Schulz die Leute aus dem brennenden Schulhaus gerettet habe, wo ja keine Leute mehr waren und wo es ja eigentlich auch gar nicht richtig gebrannt hat...
„Du hast also wirklich geraucht?“ fragte mich der Direktor in dem Moment.
„Nein!“ antwortete ich entsetzt.
Die Schneiderziege lachte hämisch.
Aber der Direktor winkte ab und meinte: „Was hast du denn dann gemacht?“ fragte er.
„Na ja, erst mal hab ich schlecht geschlafen. Weil heute ist ja Freitag, der 13. Und nachdem ich ja eh schon immer so viel Pech habe und mir immer so viele Missgeschicke passieren, ist der Freitag der 13. ja noch schlimmer!! Außerdem hat am letzten Freitag dem 13. ja die Schule gebrannt. Und meinem Papa ist das Auto nicht angesprungen, deshalb hat meine Mama ihn und mich damals im Auto mitgenommen, weil wir ja auch noch ver-schlafen hatten. Dann konnten wir aber nicht aus der Ausfahrt raus, weil da ja Papas Auto stand.
Dann ist sie einfach durchs Blumenbeet gefahren und wir sind alle zu spät gekommen und der Vorgarten war auch ruiniert. Im Supermarkt sind wir alle hingefallen und meine Oma hat ihr Hörgerät zertreten und mein Onkel hatte sich ausgesperrt“, antwortete ich ehrlich.
Mein Direktor grinste schon.
„Na ja, und dann ist ja heute wieder ein Freitag der 13. und meine Eltern und ich sind deshalb schon allein dadurch ein bisschen verwirrt. Ich war dann natürlich zu spät dran heut Morgen. Ich bin dann in die Schule gerannt, war zu spät

zur Matheklausur, hab die total versaut und dann wurde ich plötzlich ausgerufen. Dann bin ich ins Sekretariat und meine Mutter war am Telefon, die eigentlich nur hören wollte, ob es mir gut geht, dann aber total gemeckert hat, als sie erfahren hat, dass ich Mathe versaut habe.
Dann bin ich total gefrustet raus und voll gegen den Putzeimer gelaufen. Der ist umgefallen. Ich wollte ihn aufhalten und bin aber auf dem nassen Boden ausgerutscht und hatte dann total nasse Hosen!
Und das sah ja jetzt so aus, als hätte ich in die Hose gemacht. Also bin ich aufs Mädchenklo und hab mein Hintern getrocknet, als auf einmal Frau Schneider reinkam!".
So, wow – ne ganze Lebensgeschichte mal aufs Auge gedrückt.

Direktor Schmitt hat schon voll gegrinst.
„Hat Nati denn geraucht, als Sie sie gefunden haben?" fragte er Frau Schneider.
„Nein" antwortete sie kleinlaut.
„Aber diese Ausrede ist doch an den Haaren herbeigezogen!" meinte sie bestimmt.
Mein Rektor lächelte und stand auf und meinte: „Frau Schneider", fing er an.
„Sie sollten keine schnellen Schlüsse ziehen. Im Zweifel für den Angeklagten!" sagte er und kam auf mich zu. Er legte seinen Arm um meine Schultern und schaute mich lachend an.
„Außerdem scheinen Sie noch nie die Bekanntschaft mit unserer Nati Käfer gemacht zu haben!" lachte er.
„Wobei ich auch nicht weiß, ob das gut oder schlecht für das persönliche Glück ist!" meinte er grinsend.
Der ist ja soo cool.
Jetzt musste ich auch voll lachen.
Frau Schneider stand nur dumm da und Direktor Schmitt hat mich zu seiner Tür begleitet.
„Wie viel Stunden hast du denn noch?" fragte er.
„Bis zur sechsten!" antwortete ich.

„Hhmm“, machte er.
„Wenn's Ärger gibt“, sagte er, „dann komm zu mir. Du hast heut Schonprogramm und wirst nicht abgefragt. Anordnung von mir, klar?“ fragte er mit einem Augenzwinkern.
Ist ja geil.
Ich hab ihn voll angestrahlt und mich bedankt.
Die Schneider hat er dann auch rausgeschickt und sie ist beleidigt davon gestampft.
Ja Entschuldigung. Soll ich jetzt anfangen zu rauchen, nur damit meine Lehrerin zufrieden ist?
Jedenfalls ist mir dieses Mal nichts passiert. Ist ja Mega!
Als ich aus dem Sekretariat kam, standen schon Lilly, Marie und Nina da.
„Ist was passiert?“ fragte Marie ängstlich.
„Ja!“ strahlte ich und erzählte ihnen die ganze Story.
Sie haben sich auch kaputt gelacht. War echt saucool.

„Mädels, ich hab da übrigens noch 'ne Überraschung für euch!“ meinte auf einmal Nina ganz nebenbei.
„Wir gehen am Wochenende Ski fahren!“.

Marie, Lilly und ich sahen Nina nur ungläubig an.
Hä?
Wann?
Wo?
Wie?
Warum?

„Ich hab heut Morgen beim Radio angerufen und mitgemacht, da waren noch Plätze frei für so eine Fahrt mit dem Bus in die Berge – nur eine Stunde von hier. Und dann hab ich gesagt, zwei Karten reichen nicht, ich brauche vier! Dann sagte er okay! Also, gehen wir am Wochenende Ski fahren!“ strahlte Nina.
Wow! Aber Marie, Nina, Lilly und ich können gar nicht so gut Ski fahren. Nina aber auch nicht, wie wir festgestellt ha-

ben. Na, das kann ja was geben...

Außerdem muss ich erst noch meine Eltern um Erlaubnis fragen. Und das am Freitag dem 13., wohlbemerkt.

**Freitag, der 13. Dezember, nachts**

Ninas, Lillys und Maries Eltern haben schon zugestimmt. Nur meine waren beim Abendessen mal wieder voll nervig, welches übrigens voll verbrannt war.

„Hast du überhaupt schon Hausaufgaben gemacht? Passt dir denn überhaupt noch der alte Skianzug? Du hast doch gar keine Ski! Wer fährt denn da mit? Wird da geraucht? Die trinken dort doch bestimmt alle ganz viel! Was machst du denn, wenn du da hinfällst und dir was brichst?“ hämmerte meine Mutter auf mich ein.
Also wirklich, so sehr ich sie liebe und so cool sie manchmal sein kann. Genauso nervig ist sie manchmal auch.

Jedenfalls war mein Vater schon viel cooler und meinte, das wäre doch kein Problem, das wäre doch wirklich nur eine Nacht und so... Ich liebe meinen Vater.

Außerdem find ich, hab ich das verdient – nach dem Tag heut!
Mein Vater stutzte und sah mich fragend an.
„Na Papa, heut ist Freitag der 13.“ sagte ich selbstverständlich.
„Ach ja. Das erklärt einiges!“ meinte er.

Und dann kam raus, dass bei meinem Vater heut mal wieder alles schief gegangen ist.
Und dann musste ich ihm ganz ausführlich auch noch erzäh-

len, was mir heut passiert ist.
Er fand's voll lustig und voll cool, wie mein Rektor reagiert hat.
„Und natürlich fährst du am Wochenende mit deinen Freundinnen zum Skifahren! - Pass halt bissel auf und fahr langsam!“ fügte er schnell noch hinzu, als meine Mutter gerade Luft holte, um ihre Einwände vorzubringen.
Sie wollte aber trotzdem noch was sagen, aber in dem Moment fiel der Strom aus!
Wir saßen auf einmal komplett im Dunkeln. Natürlich nur unser Haus.

Na ja, jedenfalls war's dann ganz witzig. Meine Eltern haben sich einen Spaß draus gemacht den Sicherungskasten zu finden und weil's so lustig war, haben sie selbst als wir wieder Strom hatten so getan, als wäre er noch weg und sind sofort ins Schlafzimmer... zzz...

Aber ein Gutes hat das Ganze auch: Ich gehe Ski fahren!!! Juhuuuuu!!
Oh, verdammt, ich muss noch schnell packen. Skianzug raussuchen und so... Verdammt! Wo könnte der denn sein? Und ich muss morgen ganz früh aufstehen. Und das muss ich ja auch noch meinen Eltern sagen... Aber da geh ich jetzt nicht ins Schlafzimmer zu denen!
Mann! Was ein Tag!!

**Freitag, der 13., 23 Uhr**

Noch eine Stunde, dann ist er vorbei. Endlich!
Hab meine Sachen jetzt gepackt. Ich wollte ja erst gar nicht, dass meine Mutter mir hilft, weil die ja schwer beschäftigt mit meinem Papa war.
Also bin ich selbst im Haus rumgestiefelt und hab meine Sa-

chen zusammen gesucht. Das hat wohl ab und an ein bisschen gepoltert.
Irgendwann kam meine Mutter raus zu mir und hat mir geholfen. Gott sei Dank, ich hätte ja die Hälfte vergessen!
An Skiunterwäsche hätte ich zum Beispiel wirklich nicht gedacht – und wahrscheinlich auch nicht gefunden. Die sind bei meinen ausrangierten alten Klamotten! Was machen meine langen Skiunterhosen denn da? Nebenbei bemerkt sind die auch gar nicht mehr so lang. Das letzte Mal war ich mit 11 Jahren Ski fahren, also noch als Kind. Dementsprechend kurz sind die Hosen. Sie gehen mir nur bis unter die Knie. Aber meine Mutter meint, das geht schon. Ich würde ja ohnehin die Socken ganz hochziehen. Spinnt die? Ich ziehe doch nicht die Socken hoch!!!
Dann meinte sie aber: „Das gehört doch so! Da kommen doch die Skischuhe drüber!".
Hm, ach ja stimmt. Irgendwas war da!
Na ja, jedenfalls haben wir dann noch kurz gestritten, weil sie meinte ich bräuchte ja wohl kaum ein Top dort auf der Piste. Stimmt! Nicht auf der Piste – aber schon mal was von Apre Ski gehört???
Ich durft's dann nicht einpacken. Hab ich aber nachher doch noch heimlich gemacht...
Na ja, jetzt ist gepackt und ich bin so nervös.
Hab vorhin noch mal mit den Mädels telefoniert mit unserer Telefonkonferenz. War wie immer total chaotisch und total lustig...
Egal.
Jetzt muss ich mal versuchen einzuschlafen.

**Freitag, der 13., fünf Minuten vor Mitternacht**

Voll süß! Hab grad eine SMS von Marie bekommen: „Hallo Nati. Jetzt ist der Freitag, der 13. bald rum und los geht's

dann auf die Piste. :-) Liebe Grüße Marie“.
Juhuuu – Recht hat sie!!

**Montag, der 16. Dezember**

Ach du heiliger bimbam, bin ich fertig. So ein bisschen Ski-Fahren kann schon in die Beine gehen.
Also, Samstagmorgen um fünf Uhr hat’s bei mir geklingelt und Marie und ihre Mama haben mich abgeholt. Ich war soo müde. Aber kaum hab ich Marie gesehen, war ich voll aufgedreht…
Jedenfalls sind wir dann zu dem Busparkplatz gefahren und dort waren auch schon Lilly, Nina und all die vielen anderen Leute, die mit zum Ski fahren sind. 3 Busse wurden dafür gemietet. Das große Ski-Opening konnte also beginnen!
Es war voll lustig, denn es war dieser coole Typ da, der immer die Morningshow moderiert. Der ist so lustig.
Er hat lauter Witze gemacht und dann alle gebeten, endlich einzusteigen damit es los gehen kann, denn es war schon so voll das Chaos, bis endlich alle ihre Taschen und Ski in den Bussen hatten.
Mit den Skiern hatten wir vier Mädels ja keine Probleme – wir haben ja keine, sondern wollten uns dort im Skigebiet welche ausleihen.
Ich hab dann gleich mal gemerkt, dass ich dafür zu wenig Geld dabei hatte, weil meine Eltern ja am Freitag auch so ein bisschen verwirrt waren.
Dann hat mir Maries Mama noch Geld gegeben und gemeint, das kriegt sie von meinen Eltern schon wieder. Na, das will ich doch schwer hoffen.
Jedenfalls sind wir dann endlich losgefahren und allein die Busfahrt war schon sooo cool.
Nicht so, wie wenn wir mit der Schule irgendwo hinfahren und dann der Schulz oder sonst ein Lehrer meint, wir müssen

so alte Schnulzenmusik hören. Die haben die ganze Zeit nur voll die coole Musik gespielt und ganz lustig moderiert.
Dann haben sie jedem so kleine Schnapsflaschen gegeben, dazu Cola und so ein kleines Lunchpaket vom Bäcker. Haben wir auch gekriegt. Allerdings keinen Schnaps.
Denn wir waren mit Abstand die Jüngsten. Haben dann auch ganz schnell herausgefunden warum. Man durfte eigentlich nur teilnehmen, wenn man schon 16 Jahre alt ist. Nina hatte das nur überhaupt nicht gestört, als sie da angerufen hat. Also waren wir natürlich alle 16! Was sie uns nicht so richtig geglaubt haben.
Aber da wir nun ja schon mal an Bord waren, konnten sie ja eh nichts machen und so durften wir halt mitfahren, mussten ihnen aber versprechen keinen Alkohol zu trinken.
Dann sind wir so um halb neun in Oberstdorf angekommen.
Am liebsten hätte ich ja gleich mal den Aufenthalt verlängert, nachdem ich diese Berge dort entdeckte. Obwohl unten bei uns im Tal noch kein Schnee lag, sahen die Berge oben wie gezuckert aus.
Marie ließ auch sofort einen entzückten Aufschrei los, als sie das sah.
Lilly und Nina fanden das Ganze weniger begeisternd. Sie wollten jetzt Skifahren gehen!
Also sind wir erst mal zum Skiverleih. War auch so ne Aktion. Wir sind ja alle schon ewig nicht mehr Ski gefahren. Also dachten wir, wir machen es so, wie die vier coolen Jungs, die unter anderem auch dabei und wesentlich älter waren. Wir leihen uns so „Snow Blades“ aus. Das sollte eigentlich leichter gehen. Und ohne Stöcke!

Wir haben uns also diese Dinger drunter geschnallt und das einzig wirklich Coole war, dass man in diesen Snow-Blades keine Skischuhe, sondern Snowboardschuhe trägt. Damit geht’s zum einen leichter zu laufen und zum anderen sehen sie halt viel cooler aus.

Auf der Piste selbst sorgten wir für die Belustigung aller. Unser Showprogramm fing nämlich schon beim Lift und unserem kläglichen Versuch an, einzusteigen.
Also, wir vier standen alle brav an, um erst mal mit der Gondel hochzufahren. Da wird aber die ganze Zeit voll rumgeboxt, weil jeder voll schnell hoch will, um loszufahren. Wir sind also die ganze Zeit rumgeschubst worden. Ich kam mir vor wie damals beim Fußballspiel, als ich mir eigentlich nur eine Bratwurst holen wollte. Ich hasse so überfüllte Räume.

Dann jedenfalls war Marie schon drin, wir sind aber von anderen Mitstreitern überrumpelt worden. Dann hat Marie wieder versucht auszusteigen und ist dabei fast gestolpert und stand mit einem Fuß dann draußen, als die Gondel gerade die Tür schließen wollte. Dadurch, dass aber jemand dazwischen stand, haben die Sensoren an den Türen das bemerkt und sofort abgebremst. Die ganze Gondel stand also still und Marie ist wieder aus-gestiegen und hat sich durch das Gewühl wieder zu uns vorgearbeitet.

Dann hat einer geschrien, weil wir ja den ganzen Betrieb außer Kraft gesetzt haben, und Lilly hat ihn zurück angeschrien: „Ja Mensch, du Backpflaume! Dann sorg halt dafür, dass hier nicht so gedrängelt wird und wir in Ruhe einsteigen können!“.
Ich musste mir voll das Lachen verbeißen, weil irgendwie's auch echt voll peinlich war.

Jedenfalls hat er uns dann eine Gondel zugewiesen und wo normalerweise 8 Personen drin sitzen, waren wir nur zu viert. Auch gut.
Die erste Hürde war überstanden. Dann kamen wir aber nach dem Ausstieg der Gondel zum Schlepplift, und der war jetzt wirklich chaotisch. Wie soll man das auch machen ohne Stöcke? Wir vier sind da schon in der Schlange voll rumgeeiert. Dann standen wir vor dem Viererschlepplift und die

Schranke geht auf und wir sind voll in die Einfahrt gerutscht. Normalerweise ist das ja nicht so schwer. Man rutscht rein, die Gondel kommt und man setzt sich rein. Nicht so wir!

Nachdem wir ja schon die Einfahrt so dämlich reingerutscht sind, haben wir vier uns alle an den Händen gehalten, weil wir hatten ja alle keinen Halt. Und als wir uns dann während dem Rutschen schon rumgedreht haben, ob der Sessellift schon kommt, hat's uns vollkommen aus dem Gleichgewicht gebracht und wir vier sind allesamt langsam und gleichmäßig auf unsere Hintern gefallen.
Die Leute drum herum haben alle voll gelacht und so wurde schon das zweite Mal wegen uns ein Lift in Oberstdorf angehalten. Und dabei waren wir noch nicht ein Mal gefahren!!

Wir sind dann auch erst gar nicht wieder auf die Beine gekommen. Denn die Füße sind uns ja die ganze Zeit so weggerutscht und wir hatten ja keine Stöcke zum Festhalten und dass wir uns die Hände gegeben haben, um uns gegenseitig hochzuziehen, war auch keine gute Idee, denn wir hatten ja keinen Halt unter den Füßen und haben uns so nur immer wieder gegenseitig hingeschmissen.

Ich hab mir echt fast in die Hose gemacht vor Lachen. Jetzt ungelogen. Ich konnte kaum noch atmen vor Lachen und dem Versuch, nebenbei noch aufzustehen.
Dann kam der Liftmann, hat uns nach der Reihe die Hand gereicht und uns wie Spielsoldaten wieder aufgestellt.
Dann ist der Lift ganz langsam um die Ecke gefahren worden und wir konnten behutsam einsteigen. Endlich!

Beim Aussteigen sind wir natürlich alle gegeneinander gedonnert. Weil eigentlich wusste keine wohin und wir sind alle in die Mitte gerade ausgefahren. Doch da war dann ein Schneeberg im Weg und so sind wir halt irgendwie alle auf einem Hühnerhaufen gelandet.

Ich glaube, wir waren da schon die Comic-Helden des Wochenendes.

Aber endlich oben angekommen, konnte es ja losgehen. Aber mir schwante Böses.
Nach den Lifttouren konnte es ja kaum noch besser werden...
Die Pisten waren dummerweise zum Teil auch noch vereist und ziemlich steil. Im Schneepflug mit einem total hässlich verkrampften Gesichtsausdruck und in dämlicher Körperhaltung sind wir also die ersten Meter runtergerutscht. Und schon landete Marie sanft auf ihrem Hintern.
Gott, ich kann mich nicht erinnern, wann ich jemals in meinem Leben so viel gelacht habe.
Ständig hat's eine von uns gelegt. Marie ist meistens sanft auf ihren Hintern gerutscht. Lilly hat's immer nach links gelegt. Nina hat immer versucht, Gas zu geben und ist immer volle Kanne kopfüber geflogen. Ich hab alle Variationen drauf gehabt. Mal der Hintern, die Seite, kopfüber. Aber am geilsten war, wenn eine gelegen hat und wegen der fehlenden Skistöcke nicht mehr hochgekommen ist. Ich hab mich ja schräg gelacht wie das aussah.
Vor allen Dingen wollten wir uns ja gegenseitig helfen und wenn eine der anderen geholfen hatte, dann lag meistens die helfende Zweite auch. Mich hat's sogar manchmal im Stehen umgehauen. Und ständig sind die Leute voll elegant und voller Skifreude an uns vorbei gefahren. Die haben, glaub ich, drei Abfahrten gemacht, bis wir die erste hinter uns gebracht hatten.

Nach tausend Stürzen, zwei Abfahrten und drei Germknödeln kamen wir irgendwann nachmittags wieder in unser Hotel. Wir waren so was von müde! Aber keine Zeit dafür!
Es reichte gerade noch zum Duschen und stundenlangen Stylen und dann ab auf die Piste. Der Moderator, der übrigens Jonas heißt und voll süß ist, hat dort in einer Disko moderiert

und aufgelegt – und wir mittendrin.
Wir waren wieder total aufgedreht und hatten irgendwie den toten Punkt überwunden. Es war so voll in dem Club. Es war auch ein richtiger Club. Nicht so wie im Jugendtreff. Da waren richtig ältere Leute und so.
Wir haben voll viel getanzt und Cola getrunken, um fit zu bleiben. Aber irgendwann war ich so müde, dass ich dachte, ich fang jetzt schon an zu träumen, denn ich hab Nico – meinen Anti-Stangen-Retter – gesehen!

Oder war es etwa wahr? Ich musste mich eigentlich nur daran erinnern, ob ich mich gerade in einer peinlichen Situation befand, denn dann treffe ich ihn ja immer. Nicht etwa, wenn ich mal gut aussehe oder mal zeige, wie intelligent ich sein kann.
In diesem Fall war ich aber weder in einer peinlichen Situation noch sah ich beschissen aus. So hab ich noch mal geblinzelt und ihn auch nicht mehr gesehen. Hmm, war wohl doch eine Fata Morgana.
Mir sind schon fast die Augen zugefallen und wir sind dann auch Gott sei Dank so um drei zurück in unser Hotel.
Bis wir aber endlich um halb vier im Bett lagen, war ich vollkommen am Ende.

Als ich dann um acht den Wecker hörte, dachte ich echt: „Okay, du kannst jetzt aufstehen, musst aber nicht!".

Marie war aber fit. Sie hält sich ja dann eher zurück beim Feiern. Da ist sie sehr pflichtbewusst. Mit kalten Waschlappen brachte sie uns auf die Piste. Alle vier saßen wir etwas bedeppert am wirklich leckeren Frühstück. Nur wenn man noch ganz viele Farben nicht erkennt, fällt es einem so schwer grünen Orangensaft zu trinken.
Und auch wieder gab es nur tausend Stürze, diesmal zwei Germknödel und 'ne wahnsinnig gute Gulaschsuppe.
Irgendwann lag ich mal wieder nach einem Sturz mitten auf

der Piste. Ich hatte keine Lust mehr zu fahren, denn ich kam ja eh nie weiter als zehn Meter.
Plötzlich kam ein bisschen Schnee auf mich herab und ein bremsendes Geräusch. Ich kniff die Augen zusammen und drehte mich um.
Ein Snowboarder, der irgendwie Ähnlichkeit mit Nico hatte. Meine Güte, das war er! Nico!
„Nico", meinte ich dann auch gleich.
„Wir sollten gehen!".
Was meinte er?
Und da begriff ich erst. Es war bereits Dämmerung eingetreten. Die Lifte standen still. Meine Mädels waren weiter gefahren. Nico und ich waren mit die letzten auf der Piste.
„Ich kann nicht mehr!" jammerte ich.
Meine Beine gaben mir das Gefühl, mich nicht mehr zu tragen, mein Kopf drehte sich und ich war unglaublich müde.
Nico kam näher zu mir.
„Hör zu, wir müssen da jetzt runter. Es wird bald dunkel und es ist ein langer Weg bis ganz runter ins Tal!" sagte er aufmunternd und reichte mir die Hand.
Ich atmete tief ein, nahm seine Hand und richtete mich auf. Okay. Wegen mir konnte es losgehen!

Und dann fuhr er mit mir. Er baute mich immer wieder auf, wenn ich das Gefühl hatte meine Beine würden mich nicht mehr tragen oder es mich wieder mal auf einer Eisplatte voll hinschlug. Auch war er da, wenn ich keine Kontrolle mehr über die Richtung hatte, in die ich fahren wollte und dann im Gebüsch landete...
Und irgendwann, tausend Stunden später waren wir da! Endlich im Tal!
Der Bus hatte schon auf uns gewartet. Und meine Mädchen bekamen den Mund nicht mehr zu, als sie sahen, mit wem ich angerauscht kam. Ich konnte aber keine Erklärungen mehr abgeben. Ich wollte nur noch schlafen. Also hab ich mich schnell in die Pension geschleppt, mit den Mädels unsere Sa-

chen gepackt, umgezogen und ab in den Bus. Ich hab Nico dann noch mal kurz gesehen, denn er hat mir gewunken. Er saß in einem der anderen Busse.

Ich war so müde, dass ich im Bus gleich eingeschlafen bin. Allerdings kam ich nicht so richtig zum Schlafen, denn Nina, Marie und Lilly hielten mich die ganze Zeit wach und fragten mich nach Nico aus.

Aber ich war jetzt nicht so wirklich in der Lage, um mit ihnen über sein plötzliches Erscheinen zu diskutieren.

Also reimten sie sich die Story selbst zusammen. War sehr lustig.

Nina meinte, er sei uns hinter hergereist, um mich zu sehen und mir zu sagen, dass er ganz schrecklich verliebt in mich ist.

Marie fand das ein bisschen übertrieben. Das könne er mir doch auch sagen, wenn ich zu Hause bin.

Ist wohl wahr!

Ninas Gegenargumentation hab ich dann nicht mehr mitbekommen, denn da hab ich dann schon tief und fest geschlummert.

In der Schule übrigens dann auch. Ich hab solch einen Muskelkater.

**Dienstag, den 17. Dezember**

Alles klar. Ich werde mich nicht mehr auf die Straße trauen. Wie so oft in meinem Leben. Aber diesmal ist es ernst. Ich bin geliefert. Eigentlich wollte ich ja nur Danke sagen. An meinen Nico, den Anti-Stangen-Retter. Dafür dass er mich beim Ski-Opening am letzten Wochenende heil die Piste runter gebracht hat, als alle anderen schon weg waren.

Also bin ich in den Supermarkt und habe Merci gekauft. Das alleine fand ich aber zu unpersönlich. Dann bin ich in so einen Geschenkartikelladen, um was Passendes zu finden. Das

erwies sich aber gleich als mal gar nicht so einfach. Immerhin ist er ja nicht mein Freund. Leider... Aber dann ist es schwer was Persönliches und gleichzeitig was Unpersönliches zu finden.
Also hab' ich so einen kleinen Schlüsselanhänger gekauft. So ein Plüschtier. Sieht ganz putzig aus.
Als ich damit draußen war, überlegte ich, was ich jetzt machen soll. Das Dankeschön kann ich ihm erst Mittwochmittag vorbeibringen. Denn ich weiß ja gar nicht, wo er wohnt. Sondern nur, wo seine Oma wohnt. Und da ist er nach meinen recherchierten Quellen nur immer mittwochs mittags.
Also rief ich Lilly an. Ich hatte irgendwie Lust, noch ein bisschen shoppen zu gehen. Aber das kann man nur richtig gut mit einer Frau. Lilly kam auch gleich vorbei. Und auch Marie und Nina ließen nicht lange auf sich warten.

Zu viert schlenderten wir durch alle Shops der Stadt und landeten irgendwann völlig erledigt in einem Cafe.

Nina erzählte von einer neuen Errungenschaft: Martin. Den hat sie auf ihrer Arbeit aufgelesen. Nina jobbt nämlich nebenbei in einer Arztpraxis. Also eigentlich jobbt sie da nicht wirklich. Sie bekommt auch kein Geld dafür. Ab und an ist sie halt dort – wenn ihre Mut-ter einen Termin beim Zahnarzt dort hat – die lässt sich die Zähne nämlich regelmäßig bleachen – also so ganz weiß machen. Und Nina findet es cool, wenn sie sagt, sie jobbt in einer Arztpraxis. Das würde sich schon so gebildet anhören.
Denn später will Nina mal plastische Chirurgin werden. Damit sie sich immer selbst operieren kann.

Jedenfalls kam da Martin für ne neue Krone in die Praxis. Und Klein-Martin hatte Angst. Nina hielt sein Händchen und heut Abend ist das erste Date. Heiko aus dem Sportladen war dagegen längst vergessen. Dabei hatte sie doch da Prozente! Ich versteh das nicht.

Irgendwie hatte ich keine Lust, Nina zuzuhören und flüchtete mich darin, das treibende Volk draußen auf der Straße zu beobachten. Ich dachte an das letzte Wochenende. Und an Nico. Meine Mädels wollten unbedingt, dass ich ihnen erzähle was zwischen ihm und mir war. Ich hätte ja wirklich gern was Cooles erzählt. Aber da war nichts. Außer einem einzigen Chaos, das ich verursacht habe. Immer und immer wieder.

Und trotzdem hatte er mir auf der Piste geholfen. Und wenn man gerade an den Engel denkt…- da lief er über die Straße!
Ich dachte an meine Geschenke. Und ab war ich draußen vorm Café. Die Tüte mit den Geschenken für ihn in der Hand.

Ich stand plötzlich vor ihm.
Er zuckte erschrocken zusammen.
Aber ich konnte ihn gleich beruhigen. Ich zwinkerte ihm zu.
„Ich wollte mich noch mal richtig bei dir bedanken".
Und nach einer Pause sagte ich „Für alles...".

Das klingt doch unheimlich gut. Das hab ich so oft im Fernsehen gesehen. Das wollte ich schon immer mal sagen. Man weiß zwar gar nicht mehr, wofür man sich bedankt, aber es ist jede Kleinigkeit damit abgedeckt. Unheimlich sinnvoller Satz!

Und so zufrieden mit mir selbst überreichte ich ihm stolz die kleine Tüte mit dem Anhänger und der Schokolade. Nico stutzte für meinen Geschmack ein bisschen zu lange in diese Tüte herein. Er griff in die Tüte und zog langsam etwas mit großen Augen heraus.
Meine Güte hat der noch nie eine Packung Schokolade gesehen?
Doch dann kam zum Vorschein, was er in der Hand hatte: Dunkelrote Unterwäsche!!

Und nicht gerade spießig!
Ach du Himmel!
Ich brachte keinen Ton aus dem Hals und mein Mund war ganz trocken. Und Nico sah sehr, sehr geschockt aus!
Ich schnappte ihm die Sachen aus der Hand und kehrte auf der Stelle wieder um. Ich lief um die nächste Ecke. Das konnte ja wohl alles nicht wahr sein!
Das musste die Tasche von Nina sein. Keine andere würde so was Blödes kaufen. Jedenfalls nicht am helllichten Tag, wenn ich Nico treffe. Und dabei wollte ich doch nur Danke sagen. Und jetzt denkt er, ich will ihn nur flachlegen. Ich brauche eindeutig einen Strick...
Gott wie peinlich! Ich könnte heulen – wieder mal!!

**Mittwoch, den 18. Dezember**

Ich bin soo deprimiert. In weniger als einer Woche ist Weihnachten. Und ich habe weder Geschenke noch Geld um was Gescheites zu kaufen. Das ist doch echt deprimierend. Ich brauch was für meine Oma, meinen Opa und meine andere Oma, meine Eltern, Lilly, Nina, Marie und tja, für den Anti-Stangen-Retter Nico wohl nicht. Bei ihm bin ich endgültig unten durch. Da ist ein für alle mal alles zu spät!
Ist mir eigentlich auch egal. So toll ist der auch nicht.
Ist schließlich auch nur ein Junge! Und soo toll sieht er jetzt ja auch nicht aus.
Und außerdem ist er mir völlig egal...
Hab ich schon mal gesagt oder?? Ist er aber auch. Er ist mir völlig egal.

Es ist mir bloß verdammt noch mal nicht egal, wie peinlich ich mich in den letzten Wochen verhalten habe. Ich wusste ja, dass ich ein bisschen schusselig bin und nicht gerade ein Chaos verhindern kann, sondern immer eher dafür sorge, dass

sich mehr als nur eins entwickelt.
Dummerweise immer nur für mich selbst. Oder ich ziehe andere noch mit hinein. So wie in der letzten Zeit Nico. Er hat es immer abbekommen. Ich wollte ihm doch nur Danke sagen.
Ich bin echt schwer deprimiert.
Nina meinte, ich solle Nico vielleicht nicht so direkt anmachen. Denn Jungs würden dann Angst bekommen. Hallo?? Wollte ich die ganze Soße etwa?? Irgendwie ist zurzeit alles verhext. Und jetzt ist Weihnachten. Und auch noch Silvester.
Und ich hab keinen Plan, wie das werden soll.

Am Heiligen Abend werde ich mich nochmals mit meinen Mädels abends treffen. Dafür brauch ich Geld.
An dem Wochenende drauf sind ein paar Partys. Und dann ist Silvester. Und ich brauch - wie gesagt - auch ein paar Weihnachtsgeschenke. Aber ich hab kein Geld, abgesehen von den Ideen, die mir fehlen, was ich den einzelnen Leuten schenken soll... Das kann ja wieder mal ein heiteres Fest werden.

Meine Mutter nervt jetzt auch schon. Sie fängt quasi jetzt schon an zu putzen. Nur damit sie am Heiligen Abend, wenn alles vor Sauberkeit glänzen soll, wieder sagen kann: „Meine Güte. Letzte Woche hab ich erst geputzt. Und nun schaut's schon wieder aus... Und das ausgerechnet heute... An Weihnachten…“. So geht das jedes Jahr. Und nicht nur an Weihnachten. An Silvester, Geburtstagen und an allen möglichen Anlässen, an denen Menschen in unser Haus kommen. Und das Schlimmste ist, ich werde in ihren Putzwahn immer mit hineingezogen. Obwohl es eigentlich gar kein richtiger Putzwahn ist. Statt auch mal hinter den Möbeln Staub zu wischen, rückt sie lieber zehn Mal die Dekorations-Nikoläuse zurecht. Ich sehe nur eine Möglichkeit: Ich muss dem Ganzen ganz schnell entschwinden!
Und da ich leider kein Geld habe, um mich urlaubsmäßig aus

dem Staub zu machen, werd ich ganz einfach Geld verdienen. Genau. Ich brauche einen Nebenjob.
Aber einen, bei dem ich nicht allzu viel Chaos anrichten kann. An dem keiner Schaden nimmt, bei dem nicht viel kaputt gehen kann und etwas, bei dem kohlemäßig auch was rausspringt. Und natürlich soll es Spaß machen.
Du lieber Himmel, das wird ja mindestens genauso schwierig wie einen passenden Freund zu finden...
Und bei dem Geschick, das ich dabei an den Tag lege, werde ich wohl pleite bleiben und die großen Geschenke fallen dieses Jahr aus. Aber mal abwarten... Mir fällt da schon was ein...
Jetzt muss ich aber erst mal in die Fahrstunde. Auch das noch! Und Hausaufgaben hab ich auch noch nicht gemacht. Und dann bekomme ich auch morgen noch die Mathearbeit vom Freitag zurück. Das kann ja nichts werden...

**Donnerstag, den 19. Dezember**

Tja, ich habe heute festgestellt, dass Sokrates ein verdammt schlauer Mensch ist. Denn auch ich weiß, dass ich nichts weiß. Jedenfalls nicht in Mathe. Hab in der Klausur vom Freitag, den 13. nur ne Vier geschrieben.
Aber was soll's, scha-la-la, es geht mir gut. Es ging mir noch nie besser. Ist irgendwann in meinem Leben mal was falsch gelaufen?? Kann ich mir nicht vorstellen. Ist doch alles in Butter. Juhu, scha la la!
Also, ich war gestern auf dem Weg zur Fahrstunde - und dabei nicht gerade das glücklichste Mädchen auf der Welt. Mittlerweile hab ich schon richtig Bammel vor den Stunden. Das haut ja eh nicht hin. Der Roller macht nicht das, was ich will. Wer sagt ihm bitte, ständig auszuschalten, wenn wir an der Ampel stehen und weiter fahren wollen??
Dementsprechend gefrustet lief ich vorher noch ein bisschen

durch die Stadt - um massenweise Schokolade zu kaufen. Für die Nerven...
An der Kasse war ich noch mehr gefrustet. Da will man was gegen seinen Frust tun und dann ist das Ganze gleich noch so teuer und dann macht es dick und hässlich. Egal, wer schon so ein hartes Leben wie ich durchmachen muss, der hat sich das verdient.
Vor mir an der Kasse war eine ältere Dame. Irgendwie kam sie mit ihrem Einkauf nicht ganz zurecht. Als sie die Tüte anhob verzog sie auf einmal das Gesicht ganz schmerzvoll. Sofort sprang ich zu ihr und nahm ihr die Tasche wieder ab und stellte sie hin.
Sie lächelte mich dankbar an und beschwerte sich über ihr Alter und ihre Rheumaschulter. Die war ja noch ziemlich kess drauf.
Ich hatte bereits bezahlt und das Gefühl die Dame befand sich etwas in Schwierigkeiten. Sie sah irgendwie verzweifelt aus. So als ob sie nicht wüsste, wie sie und der Einkauf nun nach Hause kommen sollten. Also schnappte ich mir ihre Tasche und begleitete eine dankbare Dame mit nach Hause.
Und die konnte plappern! Mir war das ganz recht.
Ich und meine Storys hätten sie wahrscheinlich nur deprimiert. „Was ist nur aus den Damen von einst geworden?“So hätte sie dann wahrscheinlich verzweifelt gestöhnt.
Aber so erzählte sie mir von ihrem Leben.
Von ihrem vor längerem verstorbenem Mann, von ihrem Sohn und seiner Frau und natürlich auch, wie sich das so für Omas gehört, von ihren Enkeln. Einen davon schien sie ganz besonders gerne zu haben. Nicolas hier und Nicolas da. Das musste ja ein ganz toller Hecht sein. Wahrscheinlich so ein hässlicher Streber.
Und so kamen wir vor ihrem Haus an. Irgendwie kam mir die Straße bekannt vor. Und als ich fieberhaft überlegte, kam gerade ein freudiger Schrei von ihr: „Ah, da ist er ja. Wie immer mittwochs. Nico!“ rief sie.
Nico?

NICO?
Nicolas war Nico!
Und Nico der Anti-Stangen-Retter.
Und die Dame neben mir war seine Oma.
Und die Straße war der Schicksalsweg, an dem ich ihm meine Telefonnummer an den Roller befestigen wollte, als er gerade mit seiner Cousine von seiner Oma kam und ich dachte, es sei seine Freundin.
Und die Oma war es, mit der ich telefonierte, weil ich eigentlich Nicos Adresse rauskriegen wollte und bei ihr gelandet bin. Und nun stand ich da. Mit Oma und Nicolas Schneider. Nico machte dementsprechend große Augen.
Er zog seine Oma leicht an sich, um dafür Sorge zu tragen, dass ich ihr nicht mit meiner chaotischen Lebensweise was antun konnte. Aber nichts dergleichen. Sie lud mich zum Kaffee ein. Und ein fast schweigender und etwas geplätteter Nico lauschte uns Damen so beim Kaffeekränzchen. Die Fahrstunde hab ich dann übrigens verpasst.

Seine Oma erzählte von der ganzen Familie. Und auch von Nicos Kindheit. Ihm war's irgendwie peinlich. Und dann hatte ich das Gefühl, ich solle vielleicht lieber mal gehen. Vielleicht passte es ihm ja gar nicht, dass ich da war. Frau Schneider bat mich wieder zu kommen und Nico brachte mich zur Tür. Ich war verlegen und schaute zum Boden, als er die Tür vor mir öffnete. Als ich schon beim Herausgehen war, sagte er auf einmal „Danke - für alles!".
Er konnte sich zwar bei mir für nicht viel Gutes bedanken, aber ich fasste es als Riesen-Kompliment auf. Schließlich hatte ich das neulich genauso zu ihm gesagt. Und dann schenkten wir uns ein Lächeln, das für mich die Welt bedeutet.

**Freitag, der 20. Dezember**

Haha, I'm the best. Na ja gut, nicht immer - aber meistens. Unschlagbar. In der Liebe jedenfalls. Wer hätte das je gedacht?!
Nachdem ich so artig Nicos Oma nach Hause gebracht hatte, ohne überhaupt auch nur zu wissen, dass sie es war, läuft alles wie geschmiert. Sie hat ja vielleicht ein bisschen Glückseinfluss auf mich. Könnte ich wirklich gut gebrauchen.
Aber es scheint ganz so auszuschauen. Gestern rief er nämlich an. Jajajajajajaaa. Gut, gell? Ach, aber im Prinzip lässt er mich total kalt. Aber er war sooo süß am Telefon. Ei-gentlich hat er kaum was gesagt. Aber das Wichtigste ist doch, er hat angerufen. Uuuund, er hat mich zum Kaffeetrinken eingeladen.
Also, wenn das mal nicht was bedeutet!
So schnell kann es gehen. Vor kaum einer Woche wollte ich mich noch in die Isar stürzen! Und heute??
Man soll halt nichts überstürzen. Sonst würde ich jetzt wahrscheinlich bloß mit ein paar Forellen schmutziges Wasser trinken. Aber so rief er an. Juhu.

Aber jetzt muss ich mich echt mal locker machen. Denn ich muss ja noch überlegen, was ich am Sonntag zu unserem Date anziehe.
Er hat einfach angerufen und gefragt, ob ich am Sonntag was vorhabe, - ich sagte natürlich: „Bis jetzt noch nicht!“ - man muss mir ja nicht alles beibringen!
Und dann lud er mich einfach ein.
Und er meinte, er holt mich ab und legte wieder auf.
War zwar nicht wirklich ein Gespräch, aber egal.

Obwohl, vielleicht, ach du Himmel. Vielleicht will er mir ja nur sagen, dass ich ihn endgültig in Ruhe lassen soll. Das wäre auf jeden Fall einleuchtender. Himmel! Aber so ist es!!

Wieso sollte er mich denn sonst treffen wollen?

Jawohl nicht, um mit mir Händchen zu halten.
Deswegen hat er auch nur so kurz angerufen!
Weil er mir nur sagen will, wie sehr ich ihm auf die Nerven gehe. Und wie blöd ich bin. Und das ich jetzt gefälligst nicht versuchen soll über seine Oma an ihn ranzukommen.
Will ich ja gar nicht mehr!
Er ist mir völlig egal! Kann ich was dafür, dass die hilflose alte Dame vom Supermarkt seine Oma ist?
Oh je, jetzt befinde ich mich ja schon wieder in einem Schlamassel. Was mach ich da nur?

**Freitag, der 20. Dezember, später**

Ich hab's! Ich treffe mich einfach nicht mit ihm!
Also, am besten ich bin am Sonntag dann gar nicht zu Hause. Meine Mutter soll sagen ich sei zum Kaffeetrinken bei einem sehr guten Freund. Dann überleg ich mir noch einen glaubwürdigen Namen - und geritzt ist die Sache. Genau! Hach! Also ob ich mir von so, nem kleinen Anti-Stangen-Retter öffentlich eins reinwürgen lassen würde.
Wahrscheinlich sind dann alle seine Kumpels bei ihm dabei um sich über mich lustig zu machen. Nein, nein. Ich hab denen schon genug Stoff zum Auslachen gegeben. Jetzt reicht's! Soweit kommt's noch!

Ich werde ihn abblitzen lassen. Ich bin nämlich gar nicht da. Und er wird dumm aus der Wäsche schau'n und selbst doof dastehen. Und ich werde mich darüber freuen.

Jetzt gibt's nur noch eine kleine, aber elementare Frage zu klären: Wo soll ich denn in der Zeit bloß hin?
Wenn ich meiner Mutter die Wahrheit sage, dann plappert sie es bloß aus.
Nico ist der erste Junge, der mir einen Blumenstrauß ge-

schenkt hat, auch wenn er nicht nur von ihm war. Aber das weiß doch meine Mutter nicht…! Für sie gilt nur eins: Hab ich 'nen Freund, ziehe ich aus und heirate und sie hat ihre Ruhe…
Aber was soll ich denn dann am Sonntag machen? Eins ist aber klar: Nichts mit Nico!

**Samstag, der 21. Dezember**

Ich musste heute Morgen schon wieder mit meiner Mutter zum Einkaufen mitgehen, dann ihr beim Mittagessen zubereiten helfen und dann die Spülmaschine einräumen, die Wohnung staubsaugen und mein Zimmer aufräumen. Boah! Wenn ich mal Mama bin, mach ich das ganz anders! Dann hol ich mir eine Putzfrau.
Meine Mutter meint daraufhin immer nur, ja, dann mach das mal so! So lang ich aber noch keine Mutter wäre, helfe ich ihr noch beim Haus sauber halten! Super! Wieso hilft eigentlich Papa nie??!!
Da sagt sie dann, der geht ja auch arbeiten. Wenn ich dann sage, dass sie wohl nicht arbeiten geht, was sie ja aber tut, dann wird sie immer gleich patzig und meint, ob ich nicht noch Hausaufgaben zu machen hätte.
Ich sage dann gedrückt „Ja", und schleiche mich in mein Zimmer hoch und bin total glücklich. Denn ich mache natürlich nicht meine Hausaufgaben, sondern lese und faulenze – ist ja schließlich Wochenende.
Und aus dem Wohnzimmer höre ich, wie sich meine Mutter dann beschwert, dass mein Vater nie im Haushalt hilft! Eltern sind schrecklich manipulierbar! Wenn ich mal Mutter bin, mache ich das tatsächlich ganz anders!

Jedenfalls hab ich vorhin mit Stefan telefoniert. Er und Steffi sind immer noch zusammen. Hm, Stefan und Steffi. Lustig.

Das mit Nico habe ich ihm aber nicht erzählt, immerhin kennen die sich ja auch. Und das Ganze ist schon ein bisschen pubertär! Aber ja wohl auch von Nico! Vor allem, wenn er sich jetzt also morgen mit mir treffen will, nur um mir eins reinzuwürgen. Das würde wohl auch Stefan nicht verstehen und ich will ja nicht, dass die Freundschaft der beiden wegen mir zerbricht. Aber schönes Gefühl, wenn man als Frau so eine Macht über Männer hat...

## Samstag, der 21. Dezember, später

Ich geh gleich noch mit den Mädels ins Juze. Mal wieder feiern. Wir wollen auf unseren Ferienbeginn anstoßen. Ist genau das Richtige, was ich brauche. Endlich mal wieder locker lassen – und den ganzen Jungsschlamassel vergessen.
Übrigens bin ich total stolz auf mich: Hab doch meine Hausaufgaben gemacht, Vokabeln und auch ein bisschen Mathe gelernt. Die Ferienhausaufgaben schon am ersten Tag erledigt! Juhu!

## Sonntag, der 22. Dezember, früh morgens

Dafür, dass ich gestern erst um halb zwölf Uhr nachts im Bett war und dann Ewigkeiten nicht einschlafen konnte, bin ich eindeutig zu früh wach. Aber mir ist schlecht! Und das aus gutem Grund!
Ich hab was ganz dämliches angestellt!
Also, ich war ja gestern mit den Mädels im Juze. Natürlich waren auch die aus unserer Klasse fast alle da. Auch Jonathan und Marc.
Jonathan und ich haben uns am Anfang ganz schüchtern begrüßt. Das letzte Mal, dass wir was voneinander gehört hat-

ten, war ja bei unserem peinlichen Telefonat.
Jedenfalls haben wir uns später dann die ganze Zeit sehr viel unterhalten. Über die gemeinsame Schulzeit, die Lehrer, Marc und die Mädels und den letzten Sommer.
Und auf einmal hatte ich voll die Schmetterlinge im Bauch, aber keine echten! Eher war ich nur so nervös, weil die Stimmung zwischen mir und Jonathan ganz komisch war.
Und auf einmal haben wir uns geküsst. Das war echt ganz seltsam. Weil wir uns ja eigentlich so gut kennen und eigentlich auch wieder gar nicht. Sehr komisch!
Jedenfalls war ich voll nervös, schwer verwirrt und deshalb dachte ich, ich krieg mehr Klarheit wenn wir uns weiter küssen. Was wir dann auch getan haben.
Dann haben wir die ganze Zeit rumgeknutscht, aber draußen, so, dass es die Mädels nicht mitbekommen haben.
Nur Marc. Der kam mal und wollte sehen wo Jonathan ist, als wir uns gerade geküsst haben.
Er hat kugelrunde Augen bekommen als er uns gesehen hat und ist wieder verschwunden.

Und dann sind wir auch wieder rein und ich zu meinen Mädels. Und denen kann man überhaupt nichts vormachen. Ich musste kein Wort sagen und die wussten sofort was los ist. Jedenfalls sind wir dann aber kurz darauf von Lillys Mutter abgeholt und nach Hause gebracht worden.
Und Nina, Marie und Lilly waren von dieser Entwicklung etwas geschockt. Und ich ehrlich gesagt auch.
Wieso denn jetzt auf einmal wieder Jonathan? Und will ich das überhaupt?

Und später kommt ja noch Nico! Irgendwie ist das alles sehr verwirrend. Kein Wunder, dass ich nicht mehr schlafen kann!
Ich muss jetzt erst mal nachdenken, was zu tun ist!

## Montag, der 23. Dezember

Nico! Der Junge bringt mich einfach nur um den Verstand! Erst fand ich ihn so die ganze Zeit über ja ganz toll. Jetzt find ich ihn nur noch doof. Als wäre ich blöd. So behandelt der mich. Ich finde das eine Frechheit.

Und sein Blick, als er mich mit seiner Oma sah, sprach Bände. Und als mir das so allmählich dämmerte, war es mir klar: Er wollte mich bloß stellen! Vor allen seinen Freunden. Aber nicht mit mir, Freundchen! Denn zum Mich-Bloßstellen brauch' ich niemanden. Das kann ich am besten selbst!

Also hab ich jetzt doch beschlossen, nicht mit Kaffee trinken zu gehen. Außerdem mag ich gar kein Kaffee. Das hört sich nur erwachsener an als zu sagen: „Komm, wir gehen Kakao trinken".
Aber so oder so. Mit ihm nicht. Nicht mit mir!

Also bin ich den ganzen Tag gestern, gegen den absoluten Willen meiner putzteufelswilden Mutter, um die Häuser gezogen. Und wie sich das für Freundinnen so gehört, haben mich Lilly und Marie begleitet.
Nina war bei ihrem Date mit dem Zahnarztjungen. An Weihnachten will halt niemand alleine sein!
Ich schon!
Besonders, wenn man von einem Versteckerles-Tag nach Hause kommt und einem die Mutter schimpft, weil man nicht zu Hause war.

Und das, obwohl man doch mit einem ganz tollen Typen zum Kaffeetrinken verabredet war. Meine Mutter findet nämlich Nico nach wie vor toll. Aber wie gesagt, ich trinke keinen Kaffee und lass mich nicht für dumm verkaufen.
Soll er sich doch jemanden anderen zum Vergackeiern suchen.

**Montag, der 23. Dezember, mittags**

Hilfe! Es wird immer schlimmer mit meiner Mutter! Das ganze Wochenende fegte meine Mutter durchs Haus um Ordnung zu schaffen, wie sie das nennt. Ich finde ja, sie verbreitet dann noch mehr Chaos. Und ganz nebenbei, das findet mein Vater glaub ich auch. Der traut sich bloß nix zu sagen. Denn meine Mutter ist zu dieser Jahreszeit seeeehr reizbar.

Sie putzt wie ein kleiner Teufel und findet trotzdem noch, es sei alles dreckig. Dann putzt sie noch mal. Ich entdecke danach zwar keinen Unterschied, aber sie geht noch mal eben schnell drüber. Für mich kein Unterschied. Aber helfen soll ich! Jawohl. Nati hier und Nati da. Aber nicht einfach nur so, nein! Einkaufen, Rezepte raussuchen, Staubsaugen, Staubwischen, Abwaschen, weil zur Weihnachtszeit kann ruhig mal alles per Hand und ohne Spülmaschine abgewaschen werden.

Und jetzt ist morgen ja schon Weihnachten und ich hab immer noch keine Geschenke. Komme ja zu nichts. Ich muss ja die ganze Zeit putzen!
Aber wenn es meiner Mutter genauso geht, dann bekomme ich ja auch nichts! Denn sie putzt ja auch die ganze Zeit!
Gut, dann lassen wir Weihnachten dieses Jahr doch gleich ganz ausfallen!

NEIN! Heul – das wäre ja schrecklich!!

**Dienstag, den 24. Dezember, 9.00 Uhr morgens**

Buäh, Weihnachten! Das taugt mir gar nicht! Da hab ich überhaupt keinen Bock drauf. Das ist ja heut wie am ersten Schultag.

Ich bin absolut unmotiviert für den heutigen Tag. Dabei war das gestern noch nicht so. Jedenfalls nicht ganz so.
Ich war mit Lilly, Nina und Marie noch die letzten Weihnachtsgeschenke besorgen, aber jetzt hab ich immer noch nicht alles.
Das ist vielleicht ein Kampf mit dem Geld. Ich muss mir heute Geld von meiner Mutter pumpen, damit ich ihr ein Weihnachtsgeschenk kaufen kann. Wenn das nicht ein bisschen seltsam ist.
Aber so ist das. Weihnachten! Man putzt und schimpft, man sucht und kauft, man rennt und stresst.
Ich selbst auch!
Obwohl es gestern echt locker war. Zusammen mit meinen Mädels spazierte ich durch die City. Es war zwar so voll wie nebenan auf dem Weihnachtsmarkt, aber egal. Wir haben uns einfach immer wieder was zu essen gekauft. Das erhält die Laune.
Allerdings nicht heute früh, als ich in den Spiegel schaute und das Gefühl hatte, die fettige Schokolade von gestern hat direkt heute schon ihr Gutes getan.
Ich sehe so fett aus!!! Hallooo, heut ist Weihnachten, was soll ich denn dann anziehen????
Aber das ist ja längst noch nicht alles. Ich muss heute noch mal in die Stadt Geschenke kaufen, muss für meine Mutter noch Lebensmittel einkaufen und muss noch einen Nudelsalat machen.
Denn wir werden uns heute Abend noch treffen. Also Lilly, Marie, Nina und ich. Und dann werden wir einen gemütlichen Weihnachtsspieleabend veranstalten. Es kommen auch ein paar andere noch dazu. Auch Jungs!

Apropos Jungs. Nico. Der hat sich nicht mehr blicken lassen. Hätte ich auch nicht. War es zu fies, ihn vor meiner Haustür stehen zu lassen?

Lilly meinte, ich hätte ja wohl den totalen Lattenschuss, einen

Vollknall und seit der näheren Begegnung mit dem Fußball nachhaltige Schäden einer Gehirnerschütterung.
Nett. Es ist Weihnachten. Sollte man da nicht nett zueinander sein??

Aber irgendwie hat sie ja vielleicht Recht. Vielleicht wollte er ja doch mit mir Kaffee trinken gehen und mich nicht lächerlich machen. Wäre ja auch irgendwie ein bisschen dumm und braucht er ja auch überhaupt nicht zu machen. Mach ich ja schon von alleine. So wie nun gerade!
Vielleicht wollte er tatsächlich doch nur nett sein. Je mehr ich darüber nachdenke, umso klarer wird mir die Sache...
Oh nein, wie bin ich nur auf die Idee gekommen, dass er mich nicht leiden kann und mich sonntags nur abholen will, weil er mich lächerlich machen will?
Immerhin ist er schon so alt, dass er Roller fahren darf. Da macht man so einen Käse nicht mehr.

Aber ich anscheinend schon! Ich bin ja aber noch keine 16. Aber bald. Zumindest bin ich dann schon mal 15!
Und mit meinem Führerschein bin ich auch immer noch nicht fertig. Das wird nie was.
Ich hab das Nudelrezept verloren und muss meine Mutter noch mal fragen, was sie vollkommen davon überzeugen wird, dass ich für alles völlig ungeeignet bin.

Ich brauch noch ein Geschenk für meinen Vater und muss mir überlegen, was ich mit meiner Mutter mache. Eigentlich wollte ich ihr ja Karten für so ein Musical schenken, aber wenn sie heute weiter so den ganzen Tag rum nervt, bekommt sie nur einen Beutel frischen Tee.
Und dann muss ich um drei Uhr zu Hause sein, bin aber vorher noch zum Brunchen mit Marie verabredet.
Und dann haben die Geschäfte auch nur bis vierzehn Uhr auf. Wer hat eigentlich Weihnachten in diesem Ausmaß erfunden?

Bin ich froh, wenn ich erst mal meinen Spieleabend habe, dann trinke ich Prosecco und will meine Ruhe. Aber obwohl. Ich werde der Fels in der Brandung sein. Ich mache mir schöne Weihnachten und schöne Tage. Damit nun frohe Weihnachten!

## Freitag, den 27. Dezember

Liiiebeeee, Weihnachten ist das Fest der Liiiiebeeee. Und ich bin auch voll von Liiiieeeebeeee.
Obwohl, das ja nicht immer so gewesen ist.
Auf Weihnachten selbst hatte ich ja erst keinen Bock. Die ganze Familie. Keiner sagt zwar mehr, wie groß du doch geworden bist. Dafür kommt jetzt wie reif und weiblich du jetzt aussiehst. Und ob du einen Freund hast. Nein! Habe ich nicht.

Am Heiligen Abend war große Bescherung. Ich hab nix besonderes bekommen. Außer eine fette Sporttasche und ein Gutschein für ein Jahr Fitnessstudio. Bin ich etwa fett???
„Aber das hast du dir doch gewünscht!“, verteidigte sich meine Mutter.
Ach so, ja, kann sein.

Meine Mutter hat sich über die Musical karten gefreut. Denke ich doch. Ich habe sie ihr nämlich doch geschenkt. Einfach nur einen Beutel Tee hätte irgendwie ein bisschen arm ausgesehen. Obwohl ich das ja bin...
Meine Oma hat den Tee bekommen. Mein Vater einen Kalender. Der war nicht besonders schön, aber mir ist nix besseres eingefallen. Ihm hat er auch nicht gefallen. Er hat ihn meiner Oma gegeben.

Nach der Bescherung bin ich dann zu Nina. Dort war noch

Spieleabend angesagt.
Ich kam ins Zimmer herein, als mich Lilly noch ganz aufgebracht aufhalten wollte.
Ich war etwas erstaunt. Da saßen nämlich ein Haufen Leute. Ich hatte keine Ahnung, woher Nina die alle kannte. Und dann entdeckte ich ihn. Nico!! Was machte der denn hier?

Mein Kopf drehte sich. Was machte der denn hier? Verdammt! Was machte der denn hier? In meinem Leben, bei meiner Freundin!?
Hatten die beiden was miteinander?

Aber dann stellte mir Nina die Leutchen vor und ich sah sofort den Kerl, für den sie wohl schwärmte. Denn sie himmelte ihn regelrecht an. Andi! Mal wieder ein neuer, aber egal, so war Nico aus dem Spiel.

Nicht aber bei mir. Nico schaute ebenfalls ein bisschen verwundert. Auf den Schock hin brauchte ich erst mal einen Glühwein. Marie kam auf mich zugewackelt und lachte die ganze Zeit nur glucksend.
Ich fragte sie, was denn eigentlich los sei. Aber sie grinste nur! Aha, Glühwein!
Eigentlich durften wir nur Kinderpunsch trinken. Hab ich auch getan. Schmeckt auch viel besser! Davon konnte ich schließlich sogar Marie überzeugen.
Die nebenbei die ganze Zeit immer noch kicherte, während ich versuchte, den Blick von Nico aufzufangen. Wobei der mich wiederum immer nur sehr ernst und kurz anschaute.
Und Marie plapperte derweil ununterbrochen von Marc.

„Ich glaub, ich bin in Marc verknallt!“ platzte sie auf einmal heraus und strahlte mich an.
Ich drehte mich ganz zu ihr um und strahlte sie mit kugelrunden Augen an. Sie grinste dermaßen breit, dass ihr das Glück anzusehen war.

„Und Marc?“ fragte ich.
„Der glaub ich auch!“, kicherte sie und zeigte mir ein Armbändchen.
Das hatte sie am Mittag im Briefkasten gehabt. Mit einer Weihnachtskarte und schönen Weihnachtsgrüßen von ihm, denn er konnte am Abend nicht zu Nina kommen und ich war darüber auch richtig froh. Sonst wäre bestimmt auch Jonathan gekommen. Und seit unserem Knutschrückfall in alte Zeiten habe ich auch gar nichts mehr von ihm gehört!

Wie süß! Natürlich holte ich sofort Nina und Lilly dazu, um die freudige Nachricht zu verkünden.
Wir waren also richtig gut gelaunt und haben dann alle mit unserer Laune angesteckt und die Spielsaison eröffnet.
An dem einen Tisch wurde gepokert – soweit die Jungs das konnten.
An dem anderen wurden Würfelspiele gespielt. Da war ich dabei. Nico hat gepokert!

Irgendwann lockerte sich die Stimmung sehr auf. Allerdings nicht bei Nico. Er war verschlossen und wirkte so, als ob er sich unwohl fühlen würde.
Er war ein Freund von Andi, wie ich mitbekam, und war deshalb mit zu Nina gekommen. Ob Nico sauer war, weil ich ihn das letzte Mal vor der Tür habe stehen lassen, als wir eigentlich verabredet waren?

Ich wollte es ihm erklären, konnte aber nicht. Ich wollte ehrlich gesagt nicht zugeben, dass ich dachte, er hätte es nur getan, weil er mich ärgern wollte und mich bestellen wür-de und dann nicht abholen. Er war ja aber da gewesen!!
Ich meinte irgendwann nur völlig unerwartet zu ihm, dass es meiner Oma unheimlich wichtig war, am letzten Sonntag zu ihr zum Kaffee zu kommen und meine Mutter das irgendwie verschwitzt hatte, ihm zu sagen.
Denn sie war etwas baff, als der tolle junge Mann vor ihrer

Haustür stand und die schwierige Tochter ausgeflogen war. Er aber schaute mich nicht an, sondern nickte nur kurz und lief wieder weg.
Hm, er war wohl echt sauer!

Später gingen wir alle noch zur Mitternachtsmesse. Und dieses Mal fand ich den Gottesdienst unglaublich schön. Vielleicht hatte ich's aber einfach auch echt nur mal wieder nötig. Alle Jahre mal. Aber ich fühlte mich unglaublich frei und behütet.
Und danach überwand ich mich sogar und ging zu Nico rüber, stellte mich vor ihn, packte mein Sonntagslächeln aus und wünschte ihm alles Liebe zu Weihnachten. Ich war unglaublich nervös – aber mutig!
Dann stellte ich mich auf die Zehenspitzen und drückte ihm ein Bussi auf die Backe.
Ich war rundum mit mir zufrieden und suchte dann aber doch lieber schnell den sicheren Abgang. Man weiß ja nie.

Den 1. und 2. Weihnachtsfeiertag verbrachte ich dann so wie seit jeher: Mit der Familie beim Futtern!

Aber gestern hatte ich eine Weihnachtspostkarte im Briefkasten.
„Alles Gute zu Weihnachten - für das chaotischste Mädchen, das ich kenne. Bringe das neue Jahr dir Glück, Ruhe und Ordnung ins Leben."
Dann ein Grinsegesicht und die Unterschrift, die ich seitdem 36.456 Mal gelesen habe: „Alles Liebe – Nico!".
Hach, Weihnachten.... wie schön...!

## Montag, den 30. Dezember

Hab ich jemals gesagt, dass das Leben schön sein kann??

Oh, es kann. Und wie. Ich schwebe auf Wolke sieben. Na ja, fast. Eigentlich nicht wirklich. Eher sogar nur im Traum. Aber da ist es unglaublich schön. Nico hat mir eine Weihnachtskarte geschenkt. Und die ist nur für mich allein!!
Und das nach dem ganzen Hickhack, den wir ausgestanden haben.
Das muss echt was bedeuten. Das kann ja nicht sein, dass es einfach nur so ist. Ich bin mir sicher, das Schicksal will uns zueinander fügen, uns einander näher bringen. Wir sollen zusammen sein. Wir sind füreinander bestimmt. Wie sag ich ihm bloß das am besten??

Aber Weihnachten lief nicht nur für mich gar nicht so schlecht. Denn Nina hat es mal wieder geschafft!
Sie hat es echt einfach im Leben. Sie sucht sich einen raus und schon, peng, hat er sich in sie verliebt.
Denn Andi hat Nina, und damit auch uns, zur Silvester Party eingeladen. Und da ist auch Thomas! Und wo Thomas ist, ist auch Nico nicht weit. Und anders als bei Nico müsste Thomas ja langsam mal kapieren, dass Lilly auf ihn steht.

Man kann von Männern ja nicht allzu viel erwarten. Allerdings sind sie ja auch nicht ganz doof. Und Lilly hängt plötzlich auf Fußballplätzen rum und lässt sich die Spielregeln erklären. „Was ist ein Abstoß?".
Und von Abseits hat sie gar keine Ahnung. Gott sei Dank hab ich in der Schule mal Fußball gespielt und war zu ganz jungen Zeiten Bayern-München Fan.
Heute hab' ich keine besondere Lieblingsmannschaft. Wir mögen nur die einzelnen Spieler. Je nach Aussehen. Und ob sie auch was in der Birne haben. Die meisten kannst du nur angucken und nicht reden hören.

Na ja, jedenfalls wollen wir jetzt alle an Silvester zu Nico. Aber ob ihm das auch so recht ist? Wegen den anderen Mädels mach ich mir ja nicht halb so viel Sorgen wie um mich!

Nina hat jetzt dann bald Andi, Lilly muss ja irgendwann mal mit Thomas reden und Marie ist sowieso schon fast vergeben – an Marc!

Und dabei ist es ihm vielleicht und verständlicherweise nicht ganz wohl bei der Sache, wenn ich auch zu Silvester komme. Das ist schließlich ein ganz besonderer Tag und wenn da so ein Trampel wie ich daher kommt, dann ist der Tag futsch.

Dabei bin ich doch jetzt eigentlich ganz handsam geworden...

Ich stell' fast nichts mehr an. Seit immerhin schon 7 Tagen! Und ich hab ihn nun sogar geküsst. Zwar nur auf die Backe, aber wenn das kein Fortschritt zu all den bisherigen Versuchen war, mir den Typen zu schnappen.

Und dann schickte er mir eine Weihnachtskarte mit „Lieben Grüßen“ drauf. Und seitdem finde ich, die Welt ist gar nicht so schlecht. Eigentlich ist doch alles fabelhaft.

Besonders jetzt, wo wir noch mal ein Date versuch starten. Obwohl es ja kein richtiger Date versuch ist.

Aber wir feiern zusammen Silvester.
Leider nicht Nico und ich alleine. Ist aber vielleicht auch besser so. Wer weiß, was ich da wieder alles verzapfen würde.

Da werden natürlich noch ein paar andere Eier rumlaufen. Aber das wird mich nicht interessieren. Ich werde nur Augen für ihn haben und ihm zeigen, wie einmalig es sein kann, mit mir befreundet zu sein. Der wird Augen machen. Und dafür werde ich morgen mit meinen Mädels ein hammermäßiges Outfit raussuchen - ein hammerhartes - er wird vor mir knien und mich um zwölf Uhr küssen – juhu!

**Dienstag, der 31. Dezember, 11. 23 Uhr**

Tolle Scheiße. Der letzte Tag im Jahr. Und ich möchte, dass der nur ganz schnell vorüber geht. Und was muss ich dazu machen?? Silvester feiern!!! Und dann auch noch mit Nico!!! Und ich will überhaupt gar nicht mehr. Gestern war ich ja noch voll gut gelaunt. Aber jetzt…
Ich wusste es! Ich hasse diese Jahreszeit. Es ist echt zum Davonlaufen.
Weihnachten ist ja schon dämlich. Zumindest als einsamer Single, der noch bei der Family wohnt. Aber Silvester ist ganz schlimm! Mann, ich bin Single!!!

Wieso kann Silvester nicht einfach eine ganz normale Party sein?? Eine auf der es nicht darauf ankommt, dass es bis zwölf Uhr der absolute Hammer und danach noch besser wird?

Das ist sowieso ein Ding der Unmöglichkeit. Das ist ein reines Ärger ding. Schlimmer noch als Weihnachten. Diese Frage schon alleine: „Und, was machst Du Silvester?".
Wer um Himmelswillen weiß das schon? Und jeder denkt immer, das muss ganz besonders toll werden!

Das erkennt man daran, dass, wann immer man gefragt wird, was man macht, die Antwort im gleichen Satz wie die Aussage fällt: „Wird bestimmt ganz cool!".
Und damit will man, nebenbei bemerkt, nur sich selbst beruhigen und nicht den anderen. Denn der wird dadurch noch beunruhigter in der Gewissheit, dass eine mindestens gleich gute Party gefunden werden muss.

Denn Silvester muss ja prickelnd sein, ein einmaliges einschneidendes Erlebnis.

Dabei geht es doch wirklich nur um diese fünf Minuten.
Zweieinhalb davon vor zwölf und zweieinhalb danach.

Und deshalb wird einem wochenlang davor schon schlecht.

Und man möchte die Fragen aller Fragen am liebsten gar nicht hören. „Und was machst du an Silvester?“.

Ich gehe jedenfalls zu Nico. Und das wird bestimmt ganz cool.
Nein, wird es nicht. Denn ich stehe viel zu sehr unter Druck.
So, wie wahrscheinlich noch so viele in diesem Land, in anderen Ländern und überhaupt auf der ganzen Welt.
Aber ehrlich gesagt, mir fehlt einfach die Leichtigkeit im Leben, um das so hinnehmen zu können.

Das zeigt mir aber jedes Jahr wieder, wie leicht doch die in Rio de Janeiro leben.
Denn wenn die an Silvester feiern, sieht das alles so einfach aus. Mit einer Leichtigkeit fliegen die regelrecht ins neue Jahr. Bei uns ist hierbei im Gegensatz dazu nur Stress.

Wieso ich jetzt auf einmal so eine schlechte Laune habe? Oh, das ist einfach. Ich bin gestresst. Mich nervt alles. Ich nerve mich!

Ich und mich und ich mich selbst. Und deshalb hab ich jetzt eine Scheiß-Wut. Ich hab kein Outfit für heut Abend, verdammt noch mal!!!

**Dienstag, der 31. Dezember, 14.23 Uhr**

Ich glaub’s ja wohl nicht!! Verdammte Scheiße! Mein Leben läuft schon wieder aus allen Bahnen! Ich hatte eben Besuch! Von Jonathan!!
Er stand auf einmal vor unserer Haustüre.

Ich war total überrascht, als ich ihn gesehen habe.
Er hatte ein Geschenk für mich in der Hand.
„Frohe Weihnachten!“ sagte er.
„Nachträglich“, fügte er hinzu.
Ich war wirklich total überrascht!
Er überreichte mir das Geschenk und ich starrte auf das kleine Päckchen in meiner Hand.

„Ich hab an dich gedacht!“ sagte er auf einmal.
Jonathan hatte eine ganz belegte Stimme.

Ich versteh das gar nicht. Erst brauch ich ewig, sie an mich zu binden und die Jungs davon zu überzeugen, dass ich eigentlich echt korrekt bin, und dann werden auch sie an-scheinend dieses Gefühl gar nicht mehr los.

Ich jedenfalls konnte immer noch nichts sagen und starrte Jonathan an.

„Du nicht?“ fragte er irgendwann leise.

Ich konnte immer noch nichts sagen.
Was sollte ich auch sagen? Doch! Ja! Nein! Eigentlich nicht!
Ich dachte an ihn, aber mehr daran, dass es ein Fehler war, ihn neulich zu küssen.

Jonathan sah das aber anscheinend anders.
„Guten Rutsch!“ meinte er nur verkrampft, drehte sich um und ging.

Scheiße!

Als ich später das Geschenk öffnete, war da ein Schmuckkästchen verpackt. Auf ihm ein Glückskäfer und innen drin eine wunderschöne silberne Halskette mit einem rosa Herz.
Verdammt! Und jetzt?

**Dienstag, der 31. Dezember, 18 Uhr**

Der Countdown läuft. Noch sechs Stunden – dann haben wir ein neues Jahr. Und hoffentlich mehr Klarheit.
Ich habe die Mädels zu mir bestellt. Um vier waren sie da und wir wollten uns gemeinsam stylen. Haben wir auch getan und ich habe ihnen die Kette gezeigt und von Jonathan und seinem Auftritt erzählt.
Sie waren alle gleichermaßen geschockt.

Marie war ziemlich getroffen.
„Vielleicht seid ihr füreinander bestimmt?" fragte sie in die Runde.

Ich weiß nicht. Sind wir das? Sind wir für so was nicht ein bisschen jung?

Ich bin total verwirrt und ratlos...

**Dienstag, der 31. Dezember, 19 Uhr**

Meine Mutter war gerade in meinem Zimmer. Sie wollte fragen, wann sie mich denn jetzt fahren soll. Denn wir sind ja bei Andi eingeladen und meine Mutter fährt mich später hin. Die Party steigt dort schon seit 18 Uhr. Aber ich hatte bis jetzt noch keine Lust, mich fertig zu machen.
Stattdessen starre ich die ganze Zeit nur auf die Halskette von Jonathan.

„Was ist denn los?" fragte meine Mutter verständnisvoll. Ich hab sie kritisch angesehen. Ist sie vertrauenswürdig? Versteht sie meine Problemlage? Kann sie mir helfen?
Ja! So nervig, wie sie manchmal ist – wenn jemand die Lösung weiß, dann ist es sie.

Und so erzählte ich ihr die ganze Story.

„Wem willst du denn heute Abend um 12 Uhr gegenüberstehen? Nico oder Jonathan?“ fragte sie direkt und ohne Umschweife.

Hm, mit wem will ich diese wichtigen fünf Minuten verbringen?
Jonathan war echt immer süß, aber so kompliziert. Und ich war auch echt verliebt in ihn. Und diese Halskette – also die bringt mich schon schwer aus dem Konzept.
Aber eigentlich will ich lieber neue Wege gehen. Ich möchte wirklich mit jemand zusammen sein, der neu und fremd für mich ist. Ich möchte eigentlich selbst aus meinem alten Rhythmus raus – und mit Jonathan ginge das nicht. Da bin ich wieder die kleine Nati mit dem Matheproblem.

„Nico!“ sagte ich also.

„Na, dann hopp – mach' dich fertig!“ strahlte meine Mutter.

Wow – wie viel man doch in zwei Sätzen sagen kann..
Also, ich geh jetzt Silvester feiern! Guten Rutsch...!

**Donnerstag, den 2. Januar**

Jetzt ist es soweit. Wir sind im neuen Jahr angelangt. Und ehrlich gesagt hab ich keine Ahnung, was in diesem Jahr auf mich zukommen könnte. Wirklich! Ich kann aber nicht einmal sagen, dass ich gespannt wäre.
Eher hab ich sogar Angst.
Ich werde nämlich 15 und muss dann wohl oder übel meine Führerscheinprüfung ablegen...
Außerdem frage ich mich, ob sich in diesem Jahr groß was

ändert? Werde ich vielleicht hübsch? Oder gar intelligent? Vielleicht passiert ein Wunder und ich avanciere zum Männerschwarm.

Aber nein, das wird wohl alles eher nicht eintreffen. Wahrscheinlich bleib ich auch in diesem Jahr ich. Aber eigentlich ist das ja auch gar nicht so schlimm. Denn das bedeutet ja, dass ich bereits zu mir gefunden habe und mich nicht noch selbst finden muss, wie das so viele andere noch tun müssen.

Wobei, wenn ich noch ein anderes Ich von mir entdecken würde, fänd' ich das irgendwie gar nicht so schlecht! Dann würde ich vielleicht was Positives finden. Was Hübsches, Intelligentes und Männerverzauberndes.

Aber wenn das Silvester gewesen sein soll, was das alles über das ganze Jahr aussagt - dann versteh' ich gar nix mehr. Dann bin ich gerade mal so schlau wie vorher und weiß, dass ich nichts weiß.
Denn irgendwie war Silvester - ehrlich gesagt - so eine Mischung zwischen abartig geil und einfach nur beschissen.

So eine Party krieg' nur ich hin.

Lilly, Marie und Nina hatten zusammen mit mir beschlossen, dass, egal was passiert, wir vier auch in diesem Jahr zusammenhalten. Und damit das auch gefestigt wird, haben wir ausgemacht, zusammen in das neue Jahr zu feiern.

Um acht Uhr bin ich dann auf der Party bei Andi erschienen. Die Mädels waren schon da und alle total gut gelaunt – was mich schon mal ein bisschen in Partystimmung versetzt hat. Ich hab dann auch gleich Nico gesehen und ihn begrüßt. Er hat mir „Hallo“ gesagt, mich angelächelt und ist weitergegangen. Super! Na ja, der Abend war ja noch lang!
Aber auf einmal fand ich ihn auch gar nicht mehr toll.

Ich fragte mich, wie ich ihn nur jemals so cool finden konnte. Vielleicht lag das aber auch daran, dass es seine und Andis Party war und alle um ihn rumwuselten. Dabei waren wir ja nicht mal bei ihm, sondern bei Andi zu Hause.
Jetzt wusste ich immer noch nicht wo er wohnt... Toll.

Marie hing mit mir rum und wir beobachteten das Partygetümmel.

Nina war damit beschäftigt ihren Andi Anzugraben und das gelang ihr auch.

Und Lilly? Tja, Lilly schien es geschafft zu haben.
Thomas und sie unterhielten sich den ganzen Abend.
Und ich saß mit Marie alleine rum.

Plötzlich entdeckte ich aber ein Mädchen, das mir sehr bekannt vorkam. Klar! Nicos Cousine!
Die ich mal für seine Freundin hielt, als ich sie das erste Mal sah.

Sie heißt Mone und ist verdammt cool. Wir haben dann den ganzen Abend mit ihr geplaudert. Sie ist schon zwei Jahre älter. Und sie hat uns gezeigt, wie man richtige Cock-tails mixt - sie hat uns aber nur kosten lassen, weil da nämlich Alkohol drin war.
Und während ich zwischendurch am liebsten zum Heulen heimgegangen wäre, war ich nun froh, doch da zu sein.
Und dann war zwölf. Nina ist zu uns gekommen, Lilly auch und dann waren es doch wir vier Mädchen, die gemeinsam rein feierten. Wir hielten uns an den Händen und ich fühlte mich total relaxt.

Und dann war das neue Jahr da. Ich hab mit ganz vielen Leuten angestoßen und Mone hat mich ganz lieb gedrückt. Aber mit Nico habe ich nicht angestoßen. Der stand bei seinen

ganzen Fußballerfreunden.
Und in dem Moment musste ich glatt an Jonathan denken.
„Wie er wohl Silvester feiert?“ dachte ich.
Und ich habe wirklich gehofft, dass er wegen mir nicht ganz so traurig ist.
Dann habe ich wieder mit den Mädels und Mone erzählt. Sie hat übrigens einen ganz süßen Freund. Die beiden sind echt voll nett miteinander. Mann, das müsste ich mal haben. Nicht immer so ein Chaos!

Und viel später spürte ich auf einmal von hinten einen Atemhauch an meinem Hals. „Ein glückliches neues Jahr!“.

Das war Nico!
Ich drehte mich um, wünschte ihm dasselbe und wir lächelten uns an. Er wurde dummerweise gleich von seinen Kumpels gerufen und dann sah ich ihn nur noch aus der Entfernung, bis wir um halb zwei abgeholt wurden.

Aber immerhin, ich bin froh, dass Silvester rum ist und endlich das neue Jahr beginnt...

## Freitag, der 3. Januar

Puh, ich habe mich wieder gefunden. Jetzt ist alles abgeschüttelt. Der Stress von Weihnachten und die Magenschmerzen, wie wohl Silvester werden würde. Nun ist alles rum, die Reste vom Feste sieht man an meinen Hüften und ich bin bereit durchzustarten. Meine Mädels übrigens auch.

Nina scheint es diesmal echt erwischt zu haben. Gleich gestern Mittag traf sie sich mit „ihrem“ Andi zum Nachmittagsspaziergang. Stundenlang liefen sie an der Isar mit seinem Hund rum und gingen danach zum Kaffee trinken. Ich glaube, Nina hat es zum ersten Mal erwischt. Und das bedeutet – juhu, es geht länger als drei Tage.

Und Lilly? Tja, auch Lilly ist glücksselig. Denn „ihr“ Thomas könnte bald wirklich zu ihr gehören.
Und dann sind die Zeiten vergessen, in denen Lilly mich auf den Fußballplatz mitschleift, um Thomas heimlich zu beobachten, um sich die Spielregeln von mir erklären zu lassen, um sich hinter einer Säule zu verstecken und mich auszuschimpfen, wenn ich unabsichtlich den Ball an den Kopf kriege und dann ewig mit ’ner Gehirnerschütterung rummache.
Und jetzt ist sie ganz glücklich. Und ich gönn’s ihr so. Thomas hat sie gestern schon angerufen und heute Abend gehen sie zusammen ins Kino! Das klingt doch wirklich vielversprechend!

Thomas hat Lilly auf der Silvesterparty erzählt, dass wir den Jungs schon aufgefallen wären, sie aber nie wirklich wussten, was wir bei den Spielen von wem wollten.
„Siehste“, hab ich dann zu Lilly gesagt. Sie hätte ruhig schon früher mal zu Thomas gehen können. Aber nööö, das ist ja peinlich. Mir hätte es aber eine Menge Schmerzen im Hirn und meiner Mutter eine Menge fürsorglicher Mütterlichkeit erspart.

Dafür hat sie sich aber nun entschuldigt. Mann, die Frau schwebt echt in einer anderen Sphäre.

Und Marie auch. Marc und sie haben sich am 1. Januar auch getroffen und Händchen gehalten! Grins – wie süß. Der Macho-Marc mit Sensibelchen-Marie. Irgendwie passen die aber echt gut zusammen.

Es hat sich seit Silvester aber so viel verändert. Als wir über die Party und ihre Folgen heute Mittag gesprochen haben, saßen wir in dem Café, wo wir sonst auch immer sind und

haben es zu unserem neuen Stammcafé ernannt.
Und dann stellte ich auf einmal fest, dass sich alles verändert hatte. Wir waren auf einer neuen Stufe angelangt. Ich weniger, die anderen mehr. Denn wie es aussah, hatten Lilly, Marie und Nina nun einen Freund. Und unsere Plauderstunden waren nicht mehr von planlosem Chaos vorangetrieben.
Und ich muss auch sagen, seit Silvester ist noch keine größere Katastrophe in meinem Leben passiert. Aber ich möchte nicht darauf schwören.
Ich weiß nur, dass ich mich etwas verlassen fühle. Ich wollte ja auch einen Freund. Am liebsten ja Nico.
Aber Lilly und Nina benehmen sich auf einmal so anders. So ladylike. Müsste ich das dann auch tun wenn, ich einen Freund habe? Ich glaube nicht, dass ich das kann!

Das wäre ja eine Wandlung um 398 Grad. Ich glaube, ich bleibe lieber solo. Wobei sich Nico ja ruhig mal melden könnte. Aber bitte...
Den werd ich ja aber in Zukunft eh noch oft genug sehen. Denn Lilly ist mit Thomas befreundet und Nina mit Andi. Und beide sind sie gute Kumpels von Nico.

Und was bedeutet das? Richtig! Ich werde ihm des Öfteren auf Partys begegnen.

Und da ich beschlossen habe, dass er mir jetzt egal ist, werde ich ihm zeigen, was in mir steckt. Ich werde schwimmen gehen, joggen, Fitness machen und fabelhaft aussehen. Der wird Augen machen. Und dann lass ich ihn eiskalt abblitzen. Das sind meine Vorsätze - juhu - auf ein gutes neues Jahr!!

**Montag, der 6. Januar**

Wie schnell sich manchmal alles ändern kann. Noch kaum

zwei Wochen ist es her als ich das Gefühl hatte, alle möglichen Spezies in dieser Welt sind fähiger Jungs anzumachen als Lilly, Marie und ich. Bei Nina war mir klar, dass sie das kann. Dafür hatte ich bei ihr das Gefühl, alle möglichen Spezies sind fähiger, sich länger als drei Tage lang zu binden. Bis vielleicht auf die Eintagsfliege – und eben Nina.

Aber jetzt ist sie auf einmal lammfromm.
Da hat wohl jemand das Raubkätzchen erzogen? So schnell!! Wie viele hatten das schon probiert??!! Und wir erst. Mit psychologischen Sofortmaßnahmen wollten wir sie bindungsfähig machen. Dank manch einer Frauenzeitschrift wäre uns das auch beinahe ge-lungen. Aber nö, da muss nur der Richtige vorbeikommen und schon klappt's. Wenn ich gewusst hätte, dass das so einfach ist...

Und bei Lilly genauso. Während Nina und Andi schon zusammen sind, sind Lilly und Thomas noch beim Rumturteln. Die lassen 's halt langsam angehen. Aber dass ich das noch erleben darf...

Und Marie ist mit Marc jetzt offiziell zusammen. Die beiden sind meine persönlichen Favoriten. Marie gluckst immer nur ganz glücksselig, wenn Marc bei ihr ist und seine Witze reißt und Marc ist ganz stolz, dass er so einen sensationellen Humor hat...

Aber so langsam wird's echt kritisch.
Denn am letzten Samstag geschah die Sensation: Wir gingen das erste Mal alle gemeinsam aus – auf eine Diskoparty. Lilly und ihr Thomas, Nina und ihr Andi, Marie und ihr Marc und jetzt kommt der Hammer: Jonathan und Nico und ich!!!
Als ich Jonathan sah, schoss mir sofort das Blut in den Kopf und ich freute mich wirklich, ihn zu sehen.
Und dann waren auf der Party noch ein paar Kumpels von Nico und Co. da. So ein paar Fußballer. Unter anderem auch

Stefan. Hach! Ich war so froh, ihn zu sehen.

Wir haben uns auch gleich stürmisch begrüßt und umarmt und gebusselt und uns noch mal ein frohes neues Jahr gewünscht, denn wir hatten in den letzten Tagen nur mal telefoniert.
Nico und Jonathan standen neben dran und haben ziemlich dämlich geschaut.
Dann hat aber Stefan Nico begrüßt und kurz mit ihm geredet und dann habe ich ihm Jonathan vorgestellt.
Stefan hat voll cool reagiert. Er hat so getan, als würde er Jonathan nicht kennen – dabei kennt er ja die ganzen Storys von ihm. Na ja fast, die letzten hab ich mir erspart, ihm zu erzählen.
Dann habe ich mich noch ein bisschen mit Stefan unterhalten.

Denn jetzt konnte ich Nico eifersüchtig machen. Obwohl ich das ja eigentlich auch gar nicht mehr wollte. Denn er war mir ja eigentlich egal. Denn eigentlich ist er ja auch gar nicht so toll. Aber eigentlich mag ich ihn ja auch. Weiß aber gar nicht wieso!
Ich befinde mich, glaub ich, in der Spätpubertät und ich drehe durch.
Jedenfalls schaffte ich es erst mal, mir Stefan zu schnappen. Doch relativ schnell bemerkte ich, dass er nicht mich beim Erzählen anstarrte, sondern jemand schräg hinter mir. Irgendwann drehte ich mich schließlich um. Und wer stand da?
Eine blonde Schönheit namens Steffi! Stefan stellte uns kurz vor und wandte sich dann seiner Freundin zu.
Nachdem Nico schon wieder bei seinen Fußballerkumpels war, blieb mir nur noch Jonathan. Doch wo war der?
Ich sah mich um und traute meinen Augen nicht! Der stand knutschend mit einer Brünetten an der Wand! Marie kam zu mir und schaute ganz schuldbewusst.
„Das ist wohl an Silvester passiert!“, sagte sie.

„Ich wusste nicht, wann ich dir das sagen soll und ich dachte, da du ja Nico hast…“.
Klar!
Ich kämpfte mit einem dicken Klos im Hals. Von wegen Nico haben.
Stattdessen hat Jonathan schon wieder die Nächste!
Ich hasse Jungs!!

Niedergeschlagen machte ich mich dann aus dem Staub und verdrückte mich auf die Damentoilette.
Ich sah frustriert in den Spiegel. Jetzt mal ernsthaft. Das ist kein so schlimmes Gesicht was mich da zurück anstarrt. Ich hab auch keine Hexennase oder sonstige Abartigkeiten.

Wieso ist es mir nicht vergönnt? Oder anders: damit könnte ich ja noch leben. Aber wieso ist es auf einmal allen anderen vergönnt?
Alle haben sie jemand! Und ich?
Hab nur jemand, der kein Interesse hat!

Echt nervig. Genauso genervt ging ich auch zurück in den Tanzsaal. Da stand ich nun abgemeldet da - ohne Freund!
Ich dachte, ich könnte mir ja vielleicht auf der Tanzfläche einen aussuchen. Aber da sprang nur Uninteressantes vorbei.

Auf einmal stand ein grinsender Nico vor mir. „Na, wo ist dein Lover?“. Witzig, dachte ich nur.
„Steht vor mir!“ meinte ich kess, aber genervt.
Uuups, im nächsten Moment wurde mir klar, was ich da gesagt hatte.
Das war aber jetzt mal ’ne direkte Anmache! War gar nicht so geplant.
Ich erwartete eine Standpauke von ihm.
Er stutzte kurz, setzte an und meinte dann in gewohnter Coolness: „Mein Mädchen muss aber trinkfest sein!“.
Wie süß!

Aber oh je, das bin ich nun wirklich nicht. Ich bat um Probezeit und er nickte und begab sich mit mir zum Üben.

Nico war echt nett. Aber ehrlich gesagt, ich kam nicht so richtig in Stimmung. Denn ständig hatte ich das Gefühl, er kümmert sich nur um mich, weil ich in seinen Augen der größte Tollpatsch auf der Welt bin und nebenbei hier auf der Party auch noch völlig abgemeldet. Und wer findet so was denn schon weiblich, sexy und unwiderstehlich?
Außerdem, wie trinkfest kann man mit 14 sein?
Will ich auch gar nicht!
Aber Nico selbst trinkt ja auch nichts. Im Prinzip haben wir Cola getrunken und uns un-terhalten.

Aber nett war's trotzdem. Und das half mir über die Erziehungsmaßnahmen meiner Mutter hinweg. Wird Zeit, dass ich ab nächste Woche wieder in die Schule gehen muss. Sonst wandere ich nämlich aus... Weihnachten, Silvester und noch ein Feiertag mit den heiligen drei Königen sind eindeutig zu viel für eine sensible Tochter. Endlich wieder Schule. Wer hätte gedacht, dass ich das mal sage????

**Mittwoch, den 8. Januar**

Ja ja, tolles Leben. Hatte ich mich vielleicht vor kurzem noch auf das neue Jahr gefreut? Es kann mir gestohlen bleiben!!
Der Grund dafür ist ganz einfach.
Erstens: Nach dem ersten Tag Schule nach den Ferien hängt sie mir schon wieder zum Hals raus. Ich hab nämlich eine Vier in Chemie rausbekommen. Glücklicherweise war das nur ein Test und ich brauch dafür keine Unterschrift von den Eltern. Also werde ich dieses kleine ungeliebte Ereignis einfach für mich behalten.

Und zweitens: Ich habe immer noch keinen Freund, alle anderen allerdings schon!
Hallooo, was läuft falsch bei mir??? Ich werde mich bei meiner Mutter beschweren, aber ganz offiziell. Denn es kann ja wohl nicht angehen, dass alle jetzt einen Freund haben und ich dastehe und weiterhin dumm aus der Wäsche gucke! Sogar Marie!! Wie steh ich denn jetzt da! Ich watschele immer wie so ein kleines hässliches Entlein hinterher. Denn Nico, die alte Kröte, lässt sich auch nicht blicken.
Auf einmal scheint es wie ein Lauffeuer rumzugehen. Anscheinend bin ich aber mit Feuerwehrschaum eingedeckt. Dabei hätte ich auch gerne ein bisschen Feuer um mich rum, würde mit dem Lauffeuer gehen und wäre bald verheiratet. Aber ich wusste schon immer, dass das bei mir ein schwieriges Unterfangen wird.

Ich bräuchte Benzin zum Brennen. Also nicht wortwörtlich. Symbolisch gesprochen. Ich will ja auch brennen.
Das einzige was bei mir brennt, sind die Reifen.

Denn meine Fahrstunde gestern war mal wieder der volle Reinfall. Joe wollte gleich die Fahrstunde ausfallen lassen, weil es so geschneit hat. Er rief an und ich wurde echt wütend. Ich hatte schon ewig keine Fahrstunde mehr und dabei hab ich bald Geburtstag.

Am 31. Januar werde ich 15! Und da will ich einen Führerschein haben. Und den Roller krieg ich ja hoffentlich von meinen Eltern! So genau wollen sie sich dazu aber nicht äußern!

Ich soll erst mal den Lappen haben, sagt mein Vater.
Na toll. Die Stunde gestern war ein reines Desaster. Friedlich wollte ich das Gefährt über die Schneestraßen gleiten lassen.

Und was passierte? Es brach links und rechts aus, die Reifen drehten durch, Joe schrie andauernd, ich solle die Drehzahl doch nicht bis zum Anschlag hochtreiben.

Da ich nicht wusste was das bedeutet versuchte ich mein Bestes, kniff die Augen zusammen und drückte voll auf s Gas. Joe schrie, die Kiste rutschte links und rechts rum.
Ich hörte, dass Joe hinter mir im Auto schrie ich solle die Bremse drücken und gab weiter Gas. Das war bestimmt nur ein Test. Dem werd ich's zeigen dachte ich mir.

Ich weiß ja auch nicht, was mich so manchmal reitet. Jedenfalls ritt ich dann bald nichts mehr.
Denn nachdem ich verkehrtherum auf der Fahrbahn stand, weil ich mich irgendwie ein bisschen gedreht hatte, stieg Joe kreidebleich aus und befahl mir, hinten bei ihm im Auto Platz zu nehmen.

Ich wäre mit diesen Witterungsverhältnissen überfordert.

Anscheinend ist das aber nicht das Einzige, wo ich gerade eine überforderte junge Frau bin. Wenn ich schon zu doof bin, mir einen Freund zu angeln, was ich ja eigentlich in erster Linie gar nicht versuche - denn ich such ja eigentlich einen Freund um einen Freund zu haben - und zu doof bin, um Roller zu fahren, der auch noch für so junge Leute wie mich gedrosselt ist - dann schaff ich die theoretische Prüfung nie. Die ist aber nächsten Freitag.

Bis jetzt haben wir uns ganz gut davor gedrückt. Aber nun müssen Marie, Lilly und ich dran glauben. Wir können aber leider nicht Nina beim Lernen um Hilfe bitten.
Die hat zwar ihren Führerschein schon, aber ist nicht gerade das hellste Köpfchen.

Als ich sie neulich fragte was denn die X-e auf den „Vorfahrtgewähren-Schildern" noch mal bedeuten, meinte sie doch tatsächlich, so was gäbe es nicht!

Wie hat die das nur geschafft?

Ich brauche einen Nachhilfelehrer in Theorie und Praxis. Und zwar nicht nur im Rollerfahren… Ich glaub aber, ich bin ein hoffnungsloser Fall. Ich werde mich jetzt im Schnee vergraben. Bis dann, oh du schönes Leben..

**Donnerstag, den 9. Januar**

Juhu, jipieh, ich bin so cool.
Gestern hab ich zu Hause rumgelungert. Ich hatte meine Hausaufgaben schon gemacht und Nico ist ja mittwochs immer bei seiner Oma.

Ich hab überlegt, was ich machen könnte. Und weder Lilly, noch Nina, noch Marie hatten Zeit für mich. Wie auch. Die sind ja zu beschäftigt für eine Freundin. Haben ja jetzt einen Freund und da brauchen sie mich ja auch nicht mehr. Sind alle nur noch am Flirten. Wieso können die das auf einmal??

Ich für meinen Teil wollte das dann natürlich auch. Flirten verständlicherweise.

Mit wem geht das am besten? Eigentlich bei mir mit irgendwie keinem, ich wollte aber trotzdem und das einzige Opfer war ganz klar: Nico!
Und so stylte ich mich ein wenig auf, wollte fast schon deprimiert zusammenbrechen, weil mein Spiegelbild immer noch nicht aussieht wie bei den Models und beschloss an diesem Tag gnädig darüber hinweg zu sehen.

Und dann machte ich mich auf den Weg zu Nicos Oma. Also

bin ich langsam dahin spaziert. Schon als ich in die Straße einbog, in der seine Oma wohnt, sah ich seinen Roller vor dem Haus. Also eigentlich muss man sich ja schon alleine wegen dem Motorroller diesen Typen warm halten.
Ich hatte schweißkalte Hände, Herzrasen und mir war schlecht. Toll, jetzt werde ich wahrscheinlich noch krank. Ich dachte, vielleicht ist es besser wieder nach Hause zu gehen und die Krankheit auszukurieren, doch dann dachte ich, dass die Anzeichnen der Krankheit bestimmt wieder verflogen waren, bis ich zu Hause war. Bestimmt nur so ne Allergie auf die Situation, in der ich mich gerade befand.

Also zwang ich meinen Finger die Klingel zu drücken und wartete ab.

Während dieser Wartezeit drohte ich ständig in Ohnmacht zu fallen. Dann öffnete sich das Törchen und ich spazierte ganz cool durch den Garten zum Hauseingang.

Ich war ja schon einmal da und deshalb kannte ich mich ja eigentlich schon aus. Ich kannte aber nicht dieses tückische Blumenbeet voll mit Rosen.

Denn in dem Moment, als Nico die Tür öffnete, war es wie eine Erscheinung, die mir vergönnt war. Ich hatte sogar das Gefühl einen weißen Schein hinter ihm zu sehen und fühlte mich leicht geblendet.

Und dann hat jemanden meinen Fuß gefangen genommen. Ich versuchte nämlich gerade ganz elegant und sexy zu laufen, als mir jemand den rechten Fuß wegnahm.

Der hing beim Vorwärtsgehen in etwas fest, brachte mich aus dem Gleichgewicht und ich lag vorwärts auf der Nase. Sah bestimmt unglaublich elegant und sexy aus.

Nico lachte hell auf und ich drehte mich verärgert zu meinem Fuß, um ihn auszuschimpfen.

Da erkannte ich, dass sich die Dornenhecke voll mit verdorrten Rosen um mein Bein gewickelt hatte.

Wie schaffe ich das nur immer?

„Wie schaffst Du das nur immer?“ fragte in dem Moment auch ein belustigter Nico, der zu mir kam, um mir aufzuhelfen.

„Weißt Du“ sagte ich, „ich mache das ja nicht unabsichtlich. Ich bin der beste Organismus für das Forschungsprojekt an dem ich gerade mitarbeite mit dem Thema `Schusseligkeit und das Umfeld!’“.
Wenn das keine schlagfertige Antwort war. Fand er wohl auch. Nico bekam Kulleraugen und meinte „Ah ja!“.

Dann war er sogar so freundlich und nahm mich mit ins Haus. Seine Oma hat sich voll gefreut, mich zu sehen und es bedauert, dass ich jetzt erst komme und so gar nicht mehr Nicos Bruder kennen lernen konnte. Ich wusste gar nicht, dass Nico einen Bruder hat.
„Oh doch!“ meinte sie bestimmt und erzählte mir ganz viel aus der Familie. Fand ich voll süß. Nico grinste immer nur und erzählte so lustige Geschichten aus der Kindheit und wie er seinen kleinen Bruder immer geärgert hat.
Und der Mittag war so cool, dass ich abends im Bett noch ganz aufgewühlt war.

In meinem Bauch rumorte es heftig. Es kann aber auch sein, das sich da die fünf Kuchenstücke gemeldet haben, die ich aus Verlegenheit in mich rein geschlungen habe, als ich mich so fantastisch mit Nico und seiner Oma unterhielt. Juhu... Hey, ist das flirten? Wenn ja, bin ich unglaublich gut!!

**Freitag, den 10. Januar**

Trallala, ich habe einen. Juhu. Jetzt kann es nur noch bergauf gehen und ich schaffe es. Und wer hat sich dazu bereit erklärt? Na, der gute alte Nico!
Nein, leider kann ich jetzt nicht sagen: „Ja, er ist mein Freund!“ - aber das will ich ja auch gar nicht mehr. Das geht jetzt auch nicht mehr. Denn Nico ist jetzt eine Autoritätsperson für mich.
Denn er ist mein Lehrer! Jawohl, mein Lehrer!!
Haha, juhu, Nico gibt mir Nachhilfe. Und zwar in Theorie. Er übt mit mir für meine Prüfung vom Führerschein. Das ist sooo goldig.

Ich hatte ihm nämlich neulich bei seiner Oma erzählt, dass ich da nix peile. Seine Oma hat freundlicherweise gesagt, ich solle doch lieber laufen oder mit der Straßenbahn fahren, denn das sei zum einen gesünder, weil ich wär' ja noch ein junges Mädchen und brauche körperliche Betätigung und zum anderen sei es umweltfreundlicher.
Stimmt ja. Bringt mir aber nix.
Ich brauch einen Mofaroller!
Damit ist man unabhängig und selbstständig, man übernimmt Verantwortung und lernt mit Dingen umzugehen.
Wer soll bitte schön sonst ins Juze oder zum Shoppen in die Stadt fahren? Nina, Marie und Lilly haben ja jetzt keine Zeit mehr. Die sind ja nun vergeben.
Ach ja, genau, gestern rief mich eine ganz aufgebrachte Marie an. Sie ist ja nicht verliebt, sagt sie. Dann schaufelte sie mir wegen Marc die Ohren zu.

Ich fragte sie dann, ob sie schon mal verliebt war. Marie hörte erst gar nicht auf zu plappern, dann meinte sie: „Irgendwie nicht wirklich“ und fragte mich wieso.
Ganz einfach, weil, wenn jemand die ganze Zeit von jemandem so rum sülzt, so wie sie von Marc, rot wird wenn er

kommt und alles umwirft, weil sie so aufgeregt ist, dann ist das verliebt sein!!

Das fand Marie nun ganz toll. Marie, die sonst so ruhig war, tickte voll aus. „Boah, echt?! Meinst Du?“.
Mir fiel fast das Ohr ab.

Oh je, da hatte ich ja nun was gesagt. Jetzt fragte sie alle halbe Minute, ob ich das echt meinte und die andere halbe Minute schwafelte sie mir mein ohnehin schon lockeres Ohr ab.

Marc ist ja auch ganz toll, gestern hat er das in ’ner SMS geschrieben, und heute jenes, und gestern hat er dies gesagt und vorgestern das! Und ob ich ganz sicher wäre, ob sie verliebt ist? Jaaaa doch!!

Plötzlich wurde Marie ruhig. „Und wenn er nun nicht in mich verliebt ist?“ fragte sie mich.

Sie klang eigentlich voll goldig ängstlich und ich fragte mich, ob ich auch jemals meine Freundinnen wieder so was fragen würde.

Zu Marie sagte ich jedenfalls, dass Marc dumm wäre, wenn er nicht in sie verliebt sei. Und das er es bestimmt ist. Warum sonst würde er ständig auf ihrer Matte stehen. Klar war er in sie verliebt. Und wenn er ihr dann auch noch SMS schreibt, sowieso. Das ist Jungs normalerweise zu anstrengend.

Jetzt war Marie wieder aufgeregt und ich beendete lieber das Telefonat, das drehte sich ja im Kreis. Hoffentlich würde Marc sie bald küssen, dann fragt sie nicht mehr so doof. Obwohl, bei ihr weiß man nie.

Und ich war mal wieder deprimiert, weil mich keiner küssen wollte und mir keiner den Hof machte.

Aber dann klingelte es und vor meiner Haustür stand ein gut gelaunter Nico. Er hatte ein Buch unter dem Arm und sagte, er helfe mir jetzt beim Theorielernen. Ist wirklich sehr nett von ihm. Jetzt hab ich wenigstens jemand, der mir beim Lernen hilft.
Und einen Freund werd ich mir mal demnächst suchen. Ich kann ja am Wochenende auf die Suche gehen!
Nico ist ja jetzt mein Lehrer und will eh nix von mir. Hab‘s begriffen.

Er sagte, er kommt heute noch mal vorbei und wir könnten ja abends mal weggehen.

Wie nett, dass er sich meiner annimmt.

Ach ja, er hat mir abends noch ne SMS geschrieben und Gute Nacht gewünscht. Das nenne ich einen aufopfernden Lehrer. Schade, dass er nicht in mich verliebt ist!

**Montag, der 13. Januar**

Ooohh, mir tut alles soooooosoooo weeeeehh, auauauaauauaaa.
Nie wieder! Niiiieee wieder gehe ich mit Marie, Lilly und Nina zum Skifahren. Auf jeden Fall nicht, wenn es so viele Pisten zur Auswahl gibt.

Freitagabend hat mich Nico abgeholt und wie waren in so ’ner ganz coolen kleinen Bar Cocktails trinken und haben uns super unterhalten – natürlich alkoholfrei Cocktails. Und das Beste und gleichzeitig Unglaublichste: Ich habe überhaupt nix Blödes angestellt. Das ging eigentlich das ganze Wochenende so, wenn ich grad mal so überlege. Oh Wunder!

Gegen zehn Uhr waren wir vor meiner Haustür und Nico drückte mir zum Abschied noch ein Küsschen auf die Backe. Der hat ja samtweiche Lippen.

Schade, es ist zum Davonlaufen. Aber er will ja nix von mir.

Aber ich kann's ja auch verstehen. Obwohl, an dem Wochenende waren nun Marie und Nina wirklich schlimmer. An Andis und an Marcs Stelle hätte ich Schluss gemacht. Nicht, dass ich das den beiden gönnen würde. Ich freu mich ja eigentlich für sie.

Aber warum in Gottes Namen müssen die dann, wenn ich grad mal mein Leben halbwegs in einer normalen Richtung halten kann, alles kaputt machen??

Samstags war ich den ganzen Tag zu Hause. Mittags kam Nico kurz vorbei und wir sind spazieren gegangen.

Abends hab ich aber nichts gemacht, weil wir uns allesamt ausgeruht hatten.

Denn gestern waren wir Ski fahren. Das war ne ganz spontane Idee von den Jungs. Lilly, Marie und ich waren sofort begeistert. Nina hat erst noch gezögert. Sie wollte lieber mal mit Andi alleine sein.
Er wollte aber lieber Ski fahren gehen. Und da wir von den nächstgelegenen hohen Alpen nicht weit weg leben und sehr artige Töchter sind, hatten wir es nach gerade mal drei Stunden am Samstag geschafft, das Einverständnis unserer Eltern einzuholen.

Wir sind also wieder mit dem Bus ab in Richtung Berge gefahren. Unser Reisebüro in der Stadt bietet jedes Wochenende im Winter solche Fahrten an. Ist eigentlich echt voll cool. Ich hab zwar schon mein ganzes Weihnachtsgeld, was ich ge-

schenkt bekommen habe, dadurch schon wieder verbraucht, aber was soll's!
Jetzt sind wir erst mal wieder unterwegs zum Skifahren gewesen! Allesamt!
Dabei sind die meisten Skifahrer auf der Seite vom Nebelhorn ausgestiegen. Nico, Andi, Stefan, und Thomas auch. Marc war nicht dabei. Aber Marie hat den ganzen Tag mit ihm SMS geschrieben.

Wir jedenfalls sind dann auf der anderen Seite ausgestiegen, auf der Seite von der Fellhornbahn.
Weil wir uns ja wieder Skier ausleihen mussten und auf der Seite war Abfahrt mit den Bussen und dann muss man da ja wieder die Dinger abgeben.

Jedenfalls hatten wir dann alle zusammen und sind mit so einer Kabinenbahn erst mal ne Stunde lang auf den Berg raufgefahren.

Dann haben wir eine kleine Abfahrt gemacht und uns noch gewundert warum die so lange ist. Mir ging's schon voll in die Waden. Und dann haben wir gemerkt, dass wir schon wieder im Tal waren. Da sind wir gleich mal am Anfang wieder komplett runter gerauscht. Und wir waren irgendwie fertig.

Dann sind wir eigentlich erst mal nur noch Lifte gefahren, weil es schon längst Mittag vorbei war und wir ja die Jungs auf irgendeiner Hütte finden wollten. Was sich als gar nicht so einfach erwies, weil da oben nämlich tausende Hütten sind.

Irgendwann waren wir ganz oben und mussten wieder runter fahren.

Und, keine Ahnung wie, aber auf einmal waren wir auf der schwarzen Hügelpiste vom Nebelhorn. Da fahr mal mit deinen Snow Blades Schneepflug auf hügeligen Eisplatten herunter.

Ich konnte ja so kaum stehen. Und so ist eine nach der anderen alle zwei Meter gefallen.
Auf Deutsch, eine lag ständig und wir kamen nicht wirklich schnell vom Fleck. Und so ne kurze Schwarze Piste kann sich vielleicht in die Länge ziehen...

Und dann waren wir ja auch noch auf der verkehrten Seite. Und wir mussten doch auf die andere, um vom Bus wieder mitgenommen zu werden.

Es war ein Chaos. Wir hätten nicht mehr zurück gefunden.

Glücklicherweise war dann auf der Mittelstation so ein Typ, der mich die ganze Zeit grinsend anstarrte. Er und seine Kumpels. Sehr cool kam der zu uns rüber gewatschelt und faselte irgendwas von: er heißt Stefan und ist DJ. Uh, Respekt!

Der hatte ehrlich gesagt einen ziemlich verklärten Blick und auch eine ganz leichte Fahne. Aber DJ. Wenigstens sagten sie uns, wie wir wieder heim kommen konnten. Dort ka-men wir dann auch irgendwann und viel zu spät und völlig erschöpft an. Nico und die Freunde meiner Freundinnen lachten nur. Wir schliefen sofort im Bus ein und seitdem bin ich ehrlich gesagt zu nichts mehr zu gebrauchen...
Aber das bin ich ja schon mittlerweile vom Ski fahren gewöhnt.

**Dienstag, den 14. Januar**

Tja, wie soll ich es sagen. Das Chaos im Leben hat mich wieder. Ich dachte schon, ich reife zu einer ernstzunehmenden

Frau heran. Von wegen, es kam kein Chaos am Skiwochenende von mir aus. Jetzt weiß ich, wo es versteckt war: Es hat sich wie eine ganz heftige Gewitterwolke über meiner Person zusammengebraut!
Und damit es noch ein bisschen schlimmer wird, hat es gleich noch einen fetten Schneesturm mit über den Kopf gerauft.

Und dieser Schneesturm kam gestern auf uns herab. Denn dummerweise hatte ich gestern Mittag Fahrstunde. Genau da, als in dieser Welt das totale Verkehrs- und Schneechaos ausgebrochen ist.

Und ich mitten drin. Mein Fahrlehrer Joe hatte schon schweißkalte Hände, als ich ihn überhaupt nur begrüßte. Dabei war es da noch gar nicht so schlimm. Joe wollte mich bloß erst nicht fahren lassen.

Er meinte, es wäre ja besser zu fahren, wenn die Schneefahrzeuge mal durchgerauscht wären. Dann sind die Straßen wieder freier. Also gut, bitte. Dann setz' ich mich halt hinten ins Auto rein. Und dann durfte zuerst so ein Typ fahren. Und wer kam da zum Fahren?? Der gute alte DJ vom Skiwochenende. Der, der uns verraten hatte, wie man wieder aufs Fellhorn kommt.
Er sah mich, stutzte kurz und daran erkannte ich, dass er mich erkannt hatte.
„Wieder nüchtern?“ fragte ich dezent. Joe bekam Kulleraugen.
„Was hast Du gemacht, Mann?“ fragte Joe auch gleich.
Bitte? Mann? Der halbe Typ da? DJ sein wollen und noch nicht mal einen Führerschein besitzen!
Dann stieg dieser Stefan jedenfalls auf den Roller und fuhr los. Und er fuhr, als ob er noch nie etwas anderes gemacht hätte. Es fing immer mehr an zu schneien und nach der fünften Aufforderung begriff dann auch dieser Typ, dass er langsamer fahren sollte.

Denn es fiel immer mehr Schnee und Joe wurde es immer mulmiger zumute.
Jedenfalls soweit ich das beurteilen kann, denn er sah irgendwie immer blasser aus.
Dann war unser DJ mit seiner Fahrstunde fertig und Joe wollte gerade wieder Farbe bekommen, als ihm wieder einfiel, dass ich ja jetzt noch fahren musste und er wurde wieder sofort weiß um die Nase.

Ich fragte diesen Stefan, die wievielte Fahrstunde er denn gerade hat. Da sagte er, die erste.
Waas? Das kann ja wohl nicht sein. Mir verschlug's die Sprache. Die erste Fahrstunde. Das kann nicht sein! Der verarscht mich. Mit keiner Erfahrung kann man ja wohl nicht so fahren.

Ich konnte es jedenfalls nicht. Sollte das Gerücht darüber, dass Männern das Autofahren und Frauen das Erzählen angeboren sei, vielleicht wirklich stimmen? Keine Ahnung.
Ich war jedenfalls jetzt an der Reihe. Wir tauschten die Plätze und ich nahm einen leicht angespannten seufzer von Joe war.

Ich fuhr los. Mann, das war vielleicht glitschig. Wer hatte denn so viel Schnee bestellt?

Die Hauptsache bei meiner gestrigen Fahrt war in erster Linie für mich, wieso der andere da hinter mir schon bei der ersten Fahrstunde so gut war.

Währenddessen rutschte ich so mal quer und längs über die Schneefahrbahn.

„Wo sind denn diese verdammten Streufahrzeuge?" fluchte Joe vor sich hin und direkt in meinen Helm.
Danke fürs Vertrauen!

Tja, die schienen überfordert zu sein. Genauso wie ich auch in diesem Moment.

Mein dummer Fahrschulroller bockte nämlich und rutschte sanft zur gegnerischen Seite. Ich bremste ab. Dummerweise fuhren wir aber gerade den Berg runter.
Ich riss den Lenker um, ich drehte mich um 180 Grad und rutschte nun rückwärts. Und ich war stolz drauf, Joe weniger.

Aber ich habe mich gerettet. Denn ich gab Gas, um dann wieder rumdrehen zu können, aber ich landete verkehrt herum im Straßengraben.

Dann standen wir zwei Stunden in der Schneesturmkälte und haben auf den Abschleppdienst gewartet. Joe wollte mir für diese Woche dann auch keine Fahrstunde mehr geben.

Ich hab diesen Stefan dann gefragt, wieso er so gut fahren konnte. Und wieso? Der hatte seinen Führerschein schon längst und musste nur so eine Nachschulung mit einer Fahrstunde nachholen. Und deswegen fahr ich in den Graben und habe nun keinen Fahrschulroller mehr.

**Mittwoch, den 15. Januar**

Kotz, ist das übel.
Taugt mir gar nicht. Ich hab's ja gestern schon gesagt. Das Chaos hat mich wieder voll im Griff. Ich sollte, glaub ich, nur flüstern wenn ich davon rede, dass ich vielleicht mal Glück habe und nicht vom chaotischen Lebensstil meiner selbst übertroffen werde.

Ich darf keine Fahrstunde mehr nehmen. Jedenfalls nicht,

solange es schneit.
Ich hab heut nämlich bei Joe angerufen und ihn gefragt, ob mit dem Roller alles in Ordnung ist.
Er wirkte leicht grimmig. Entweder hatte er schlecht geschlafen oder er hat eine Erkältung und ist deshalb schlecht gelaunt gewesen. Es kann aber auch sein, dass er wegen mir schlecht gelaunt war. Denn immerhin ist wegen mir nun sein Fahrschullehrmittel in der Werkstatt.

Aber bitte, was kann ich dafür, wenn es nun mal vorgestern so blöd anfing zu schneien?
Kann ja keiner wissen, dass man dann so rutscht.

Jetzt darf ich jedenfalls erst mal nicht mehr fahren. Joe soll sich nicht so anstellen.

Ich bin doch versichert. Ja gut, er macht jetzt irgendwie Verlust, weil er heute und morgen nicht mit seinen Schülern fahren kann. Aber meine Güte.
Ich hatte ihn damals ja gleich gefragt, ob man versichert ist. Er hatte mich nur angelacht und gemeint, dass man versichert ist, aber quasi nichts passieren kann, weil er ja hintendran im Auto sitzt. Tja, da hätte er besser mal nicht nur dagesessen.

Er hätte mich ja aufhalten können, als ich auf schneeglatter Fahrbahn rücklings in den Graben gerutscht bin. Kann ja keiner wissen, wie gefährlich das ist. Obwohl, sollte ich vielleicht wissen. Denn am Freitag hab ich theoretische Prüfung.

Ich hab am 30. Januar Geburtstag und ich glaube ehrlich gesagt nicht mehr daran, dass ich bis dahin den Führerschein schaffe.
Nico war gestern Mittag bei mir, weil er mir ja versprochen hatte, mir beim Theorielernen zu helfen.
Ich war echt niedergeschlagen als er kam. Denn meine Eltern machten mir die Hölle heiß.

Von wegen, jetzt könnten sie ja ihr Haus verpfänden, weil sie den Roller zahlen müssten und wie unreif ich doch wäre. Und ob ich auch mal eine Woche ohne Katastrophen hinter mich bringen könnte. Hallooooo?! Als ob ich das nicht versuchen würde...

Dann kam jedenfalls Nico. Ich erzählte ihm von meinem neuesten Missgeschick und er lachte mich laut aus.
Aber als ich mich dann richtig in Fahrt redete und über diesen blöden Stefan ablästerte, wurde er auf einmal immer ruhiger.

Dann meinte er: „Uh, der gefällt dir wohl?".
Ich tippte mir an die Stirn und meinte zu ihm, dass er wohl spinnen würde. Der ist doch dumm. Dann meinte Nico, ich hätte ihn ja auch mal dumm gefunden, so zwischendurch. Woher wusste er das? Und was überhaupt hatte das nun mit mir und ihm zu tun? Und mit diesem Stefan?

Nico stand dann plötzlich auf und meinte, er müsse zu seiner Oma.
Musste er nicht. Glaub ich jedenfalls. Denn mittwochs ist er doch immer bei ihr. Gestern war aber Dienstag.

Schöne Scheiße.
Meine Mutter brüllt schon wieder draußen auf dem Flur rum. Ich glaube, diesmal ist sie echt sauer. Nico spinnt und am Freitag hab ich Theorieprüfung. Und mal eben ganz ernst gesagt: Ich glaube nicht, dass ich das schaffe. Da müsste schon ein Wunder geschehen.

**Donnerstag, der 16. Januar**

Ich warte noch auf das Wunder! Das, welches mich vom

Stress befreien wird. Das, welches dafür sorgt, dass ich diese verdammte Theorieprüfung schaffe. Die ist nämlich morgen. Und ich kann noch nicht wirklich viel.

Ich hab mich gestern endlich mal wieder mit Lilly, Nina und Marie im Café nach der Schule getroffen.
Mann, die sahen vielleicht gut aus. Vielleicht stimmt das Gerücht ja doch, dass Liebe schön macht. Ist mir in der Schule gar nicht so aufgefallen.
Aber da müssen wir jetzt alle grad voll Gas geben. Jeden Tag wird mündlich abgefragt. Es geht ja auf die Zeugnisse zu.
Mir sieht man das auch an.
Ich finde, ich sehe ziemlich bescheuert aus.
Meine Freundinnen hingegen strahlen trotz allem vor Glück.
Scheiße, wie gemein. Wenn man sich erst mal einen geangelt hat, braucht man ja wohl auch nicht mehr gut auszusehen.
Aber was bitte ist mit mir? Ich muss gut aussehen. Ich brauch noch einen Freund!
Da muss man von der Natur begünstigt werden. Oder soll ich etwa mein ganzes Leben lang alleine bleiben?

Und noch was brauchten die drei nicht mehr: Während wir sonst immer Kuchen zur heißen Schokolade mit Sahne aßen, hielten die drei nun Diät. Anscheinend geht Liebe doch durch den Magen.
Und ich hab nach wie vor meine Speckröllchen an den Hüften und immer noch Hunger.
Echt gemein.
Und als ob das noch nicht genug wäre, dass die nun gut aussehen, nein, denen geht's auch noch richtig gut.

Mit ‚nem Mann an der Seite würd's mir auch besser gehen. Wobei, mittlerweile hab ich mich damit abgefunden, dass ich der Außenseiter bin. Nun reden die über Dinge, bei denen ich zurzeit nicht mithalten kann.

Aber Nina fragte dann, was jetzt mit mir und Nico gehen würde.
Wieso? Was soll denn da gehen? Wir sind befreundet. Mehr nicht. Ich find's auch gar nicht mehr so schlimm. Ich hab mich daran gewöhnt und mich damit abgefunden, dass er nix von mir will.

Nina behauptete dann plötzlich was völlig Abwegiges. Nämlich, dass Nico was von mir wolle.
Marie nickte und auch Lilly zeigte Zustimmung. Toll! Genau das, was ich gebrauchen kann. Hab ich grad mal kapiert, dass zwischen Nico und mir nichts geht, kommen die an und wollen wieder Hoffnung schöpfen.
Nein! Da ist nichts. Außerdem hab ich zurzeit andere Sorgen. THEORIE!
Als ich die bevorstehende Prüfung erwähnte, wurde Marie plötzlich ganz weiß um die Nase.
Lilly verschluckte sich an ihrem Mineralwasser.

Okay, cool, taugt mir. Die können auch nichts. Obwohl die beiden ja eigentlich umsonst Nachhilfelehrer im Leben hatten. Aber anscheinend waren andere Dinge interessanter als mit dem Partner zu lernen.
Aber die beiden hatten ja noch ein bisschen Zeit. Marie wird im Februar erst 15 und Lilly im März. Aber ich!! Ich hab doch Geburtstag und will bis dahin den Führerschein. Sonst krieg ich ja keinen Roller. Und deshalb muss ich die Prüfung schaffen. Auch um Joe, meinem Fahrlehrer zu bewei-sen, dass ich nicht zu dumm bin.

Jetzt dürfen übrigens auch Marie und Lilly in dieser Woche nicht mehr fahren. Ich glaube Joe hat Angst, dass meine Ungeschicktheit auf die beiden abfärbt.

Jetzt hab ich jedenfalls morgen Führerscheinprüfung und keinen blassen Schimmer. Ich hab mich heute in der Schule krank gemeldet, um zu lernen.

Vielleicht kommt ja auch Nico vorbei, um mir zu helfen. Denn eigentlich hatte er es ja versprochen. Aber der war so komisch seit unserem letzten Gespräch. Na ja, Männer. Und ich kann mich derweil mit Vorfahrtsregeln rumquälen. Taugt mir gar nicht!

**Montag, der 20. Januar**

Toll. Theoretische Führerscheinprüfung am Freitag. Früh morgens bin ich bereits aufgestanden, um dann vielleicht doch auch noch mal zu lernen.
Ich war eigentlich ja nicht wirklich zuversichtlich, dass ich das schaffen könnte, aber ich dachte, okay, gib dein Bestes. Ich versuchte mich positiv zu bestärken, indem ich dachte „Joah, das haut schon hin!“.
Okay, was soll ich sagen, positiv denken reicht anscheinend nicht. Vielleicht muss man manchmal doch schon auch lernen!

Denn ich hab echt von den meisten dieser Fragen keine Ahnung gehabt. Ich wollte in der Prüfung losheulen, weil ich es echt so gemein fand, dass alle gegen mich sind. Aber so ein Käse, ich wusste ja, dass es meine eigene Schuld war. Aaaarrrghhh, also, wie kann man da schon sauer auf die Welt sein??

Ich war es aber trotzdem. Denn wäre mein Umfeld besser, hätte ich gewiss mehr gelernt.

So aber bin ich mit 17 Fehlerpunkten durchgefallen. Besser war nur Lilly mit gleich 21. Da war ja gar nichts richtig. Und auch Marie hat es nicht geschafft. Super.

Jetzt darf ich die Prüfung in zwei Wochen wiederholen. Ich werde aber am 30., also am Donnerstag in einer Woche 15 und habe noch keinen Führerschein. Zum Davonlaufen ist das.

Und ich werde 15 ohne Führerschein, aber mit Mofaroller. Ich war so wütend, dass ich alles anpflaumte. Der Tag war gelaufen.

Dummerweise hatte ich vor der Prüfung mit Lilly, Nina und Marie ausgemacht, dass wir am Samstag auf so eine Faschingsauftaktsfete gehen.

Ich wusste schon, als Nina das ausmachen wollte, dass ich das besser lassen sollte. Frau hat schließlich so was wie Intuition. Und ich hab mir schon so was gedacht, dass ich die Prüfung nicht schaffe. Ich hatte ja auch nicht gelernt. Aber was habe ich dann getan?
Klar, ich bin mitgegangen!
Ich hab mich aber nicht verkleidet. Ich war eh schon peinlich genug.

Auch die anderen gingen ganz normal mit. Und dann war es unschwer zu erkennen, dass Nico irgendwie schlecht gelaunt war. Ich hatte aber keine Lust mich mit einem schlecht gelaunten Nico abzugeben und bin abgedampft.
Ich hatte nämlich entdeckt, dass der DJ der Party der Junge vom Skifahren war. DJ Mikie oder so. Also auf Deutsch: Stefan!

Ich hab mit ihm ein bisschen oder vielleicht auch noch ein bisschen länger geplaudert und irgendwann war es auf der Party echt voll.

Ich war langsam wieder besser gelaunt und bin zurück zu meinen Mädels und ihren Jungs. Nico war sich was zu trinken holen und Jonathan war auch mittlerweile mit seiner neuen da: „Bettina!“. Buäh. Kotz.

Ich dachte mir, wenn Nico so schlecht drauf ist und alle anderen Freunde nur mit sich und ihrer Turtelei beschäftigt sind, dann such ich lieber Nico und heitere ihn auf.
Kurze Zeit später hatte ich ihn gefunden und bin lächelnd zu ihm. „Naaa?“, fragte ich ihn freundlich.
Und er sah mich an, als hätte ich sonst was angestellt. Er rüffelte mich nur an, ob ich denn genug mit meinem DJ rumgebusselt hätte. Oder ob ich nur meinen Mund mit was zu Trinken benetzen wolle, um zur nächsten Runde überzugehen. Spinnt der jetzt völlig? Ich war echt geschockt von seiner Boshaftigkeit. Ich sah ihn böse an und bin zu Lilly. Da stand ich dann auch den ganzen Abend und hab ihn keines Blickes mehr gewürdigt. Nur so ganz verstohlen von hinten. So aber halt, dass er es nicht sieht und ich trotzdem sehen und beobachten kann, wie es ihm so geht!
Was hat der nur?? Der spinnt ja total. Und in so was war ich mal verliebt... Tsss, Gott sei Dank hab ich das nun abgestellt! Idiot!
Und ich habe nun mal mehr einen Beweis dafür, dass wir auf unsere weibliche Intuition hören sollten.
Habe ich dann auch gemacht am nächsten Tag und morgens mein Zimmer aufgeräumt und dann den ganzen Tag gelernt. Theorie, Mathe, Englisch und Chemie!
Und abends hab ich mich dann sogar richtig gut gefühlt.
Und heute in der Schule noch besser. Ich bin nämlich in Chemie abgefragt worden und hab alles gewusst!
Yeah!
Dafür ist mir jetzt schon wieder langweilig! Hausaufgaben hab ich schon gemacht und jetzt ist erst 15 Uhr!!

**Dienstag, den 21. Januar**

Ich muss schon zugeben, manchmal übertreffe ich mich selbst.
Ich war gestern endlich mal wieder seit Wochen in der Theoriestunde für den Führerschein (abgesehen von der Prüfung, aber die zählt nicht!).
Joe hat gemeint, ich darf sogar wieder fahren.
Und er hat gesagt, ich darf die theoretische Prüfung gleich noch mal nächsten Freitag ablegen. Dann bin ich zwar schon 15, aber dann werde ich's ja hoffentlich schaffen. Und dann soll ich die Woche drauf gleich die Praktische mitmachen.

Ich denke Folgendes: Entweder er traut mir das wirklich zu, oder aber, wovon ich eher ausgehe, er will mich loswerden. Und da er davon ausgeht, dass das bei mir noch ein wenig länger dauern kann, meint er halt, wenigstens abzukassieren. Weil so eine Anmeldung und Durchrasseln in der Prüfung schon viel Geld kostet.

Aber der wird sich wundern.

Sowieso, mir geht's wieder besser. Vielleicht liegt das aber auch da daran, dass ich seit Monaten mal wieder ein ordentliches Zimmer habe. Ich hätte das ja nie gedacht. Meine Mutter predigt es mir bereits seit Jahren. Aber der Rappel muss einen schon persönlich überfallen.

Und gestern war er bei mir. Und dann hab ich einfach mal gedacht: „Wäre doch auch schon mal geil ein ordentliches Zimmer zu haben!".
Nein, ehrlich gesagt hab ich gedacht: „Verdammt noch mal, alles ist und sind gegen mich, keiner liebt mich, ich bin alleine auf dieser Welt und wieso in aller Welt sieht es verdammt noch mal in meinem Zimmer schon wieder so beschissen aus?".

Und davon war ich auf einmal so genervt, dass ich wutentbrannt alles auf den Boden geschmissen hab. Selbst meine sonst vor nichts zurückschreckende Mutter hat die Flucht vor mir ergriffen. Und mir dann für die ausgepowerte Räumattacke einen frischgepressten Orangensaft gebracht. Find ich gut.

Und jetzt? Jetzt blitzt es auf einmal in meinem Zimmer mehr als in ihrer Wohnung. Haha. Ich hab's ihr auch gleich die ganze Zeit unter die Nase gerieben, dass ich jetzt wohl ordentlicher sei und sie doch mal aufräumen sollte. Was, wenn auf einmal Besuch kommt?
„Wir können uns ja nächste Woche noch mal sprechen, Madame!".
Das war ihr Kommentar.

Halloooo, ich weiß selbst, dass dann alles wieder beim Alten sein wird. Aber genau deshalb muss man das jetzt mehr ausnutzen und es ihr jetzt unter die Nase halten!

So gut gelaunt hab ich mich gestern dann auf zu einem Spaziergang gemacht, denn es war einfach unglaublich schönes Wetter.
Zufrieden mit mir selbst spazierte ich durch die Stadt, als ich etwas schluchzen hörte.
Das saß ein junges Mädchen mit leicht blond gesträhnten Haaren auf dem Bürgersteig und heulte.
Ich suchte nach den Eltern. Fand aber keine. Okay, sie sah auch aus wie 12. Da braucht man keine Eltern mehr.
Ich fragte sie dann schließlich mitleidig, ob alles okay ist oder ob sie Hilfe benötigt. Das junge Ding brach völligst verzweifelt in Tränen aus.
„Verdammt noch mal! Alles ist oder sind gegen mich, keiner liebt mich, ich bin alleine auf dieser Welt und meine Mutter motzt die ganze Zeit, weil mein Zimmer so unordentlich ist!".

Irgendwoher kannte ich diese Anschuldigungen. Hören diese Probleme für uns armen Jugendlichen denn aber auch nie auf? Ich fragte sie, wie sie heißt. Nicole.

Ich wollte, dass sie sich beruhigt und fragte, ob sie nicht vielleicht mit mir ein Eis essen gehen wollte. Sie meinte aber, sie hat kein Geld. Und dann motzte sie über ihren Vater. Denn der arbeitet in der Bank und gibt ihr kein Taschengeld mehr, weil sie so chaotisch ist. Also, das mit dem chaotisch kam mir nun sehr bekannt vor. Ich beschloss das Mädchen zu adoptieren - also so quasi.

Und dann hab ich sie nach Hause gebracht und ihr versprochen, heute bei ihr vorbei zu kommen. Wäre doch gelacht wenn wir ihr Leben nicht hinbekommen würden. Hach, darin bin ich schließlich Expertin!

**Mittwoch, der 22. Januar**

Gestern war ich also bei Nicole – bei dem Mädchen von vorgestern. Und sie erinnert mich irgendwie an mich selbst. Das könnte meine kleine Schwester sein.
Sie hat genau so viel Talent beim Currywurst Essen Spuren auf dem T-Shirt zu hinterlassen, ohne es zu bemerken, tritt in jede Pfütze und quasselt genauso.
Nicole ist echt süß. Sie ist zwar erst 12, aber ich habe beschlossen, jetzt auf sie acht zu geben.
Und ich gebe ihr Nachhilfe. Und zwar in Deutsch und Geschichte. Da bin ich mal ganz gut drin. Und dann bekommt sie noch in meinem Spezialfach Nachhilfe: Männer!

Obwohl, umso mehr ich Nicole erklären wollte, wie Männer so ticken, umso mehr bin ich selbst nicht mehr durchgestiegen.

Und langsam, aber sicher drängte sich mir die Frage auf, die mir später dann auch Nicole stellte: „Sag mal, rafft man die Jungs überhaupt?“.
Ich dachte kurz nach.
Also eigentlich nicht, entschied ich mal. Aber anscheinend haben nun Lilly, Marie und Nina jetzt den Durchblick. Toll, und ich war der Außenseiter.

Nicole fragte mich, ob ich nur mit ihr unterwegs sei, weil meine Freundinnen nun alle keine Zeit mehr hatten. Ich überlegte kurz und sagte nein. Stimmt auch. Nicole ist cool. Aber sie versteht noch nicht wirklich was von Jungs. Da hab ich noch viel Arbeit vor mir.
Zum Beispiel sind wir durch die Stadt gelaufen und so ein paar kleine Kröten von Jungs haben uns ständig angestarrt und verfolgt.

Plötzlich packte Nicole meine Hand und rannte mit mir los. Direkt rein in ein Kaufhaus und durch alle Etagen. Ich kannte mich schon gar nicht mehr aus, meine Kondition ließ nach und ich fragte sie aus welchem Grund wir denn gerade anderthalb Kilometer gerannt sind.
„Na wegen der Jungs!“.
Hä? Was war das denn? Wer rennt denn vor Jungs weg??? Ich bin froh, wenn sie das nicht tun! Da rennt man höchsten hin.

Als Nicole später seelenruhig wieder aus dem Kaufhaus spazierte, waren die Jungs im-mer noch da. „Typisch“ meinte Nicole hochnäsig.
Hä? Ich verstand gar nichts mehr. „Du zeigst ihnen die kalte Schulter und sie rennen dir hinterher!“.
Aha. Das war mir zwar nicht ganz neu - aber das von einer 12-Jährigen zu hören, ist schon auch bitter.

Später meinte Nicole, sie hätte jetzt mal reiflich nachgedacht und sie sei zu dem Entschluss gekommen, dass sie davon ausging, dass ich genau diese Taktik bei Nico fahre.

Ich stand anscheinend auf dem Schlauch oder ich bin mittlerweile schon so erwachsen geworden, dass ich dieses pubertäre Gesülze nicht mehr verstehe. Ich wurde mittlerweile echt etwas angesäuert und ließ mich von meiner 12-jährigen Nachhilfeschülerin aufklären.

„Na ja, du warst doch scharf auf Nico. Nun zeigst du ihm die kalte Schulter und er fährt voll auf dich ab!".
Bitte?
Das war ja wohl Schwachsinn!
Sie ist halt doch erst 12!

Wieso hatte ich ihr überhaupt von Nico erzählt? Das ist nicht gerade die Geschichte und der Stoff, von dem man was lernen kann.
Abends dachte ich dann aber doch noch mal darüber nach. So lange, dass ich heute Morgen ohne zu schlafen wieder aufgestanden bin. Wie kommen die nur alle drauf, dass Nico jetzt auf einmal doch in mich verliebt ist? Der ist doch zurzeit so eklig zu mir. Die haben halt alle keine Ahnung...

**Donnerstag, den 23. Januar**

Also echt. Männer..!!!
Ich bin sauer. Und zwar gewaltig. Es ist doch echt zum Kotzen. Wieso muss mein Leben so blöd verlaufen?
Ich habe jetzt beschlossen, niemals wieder einen Freund haben zu wollen. Denn dann hab ich keinen Druck und keine Probleme!
Wenn man sich schon als fast 15-Jährige mit anschauen muss, wie der 12-jährigen Nachhilfeschülerin die Männer nachja-

gen, dann ist das schon langsam echt tragisch.
Ich meine, Hallooooo?
Nicole hatte ja wie auch Lilly, Nina und Marie gemeint, dass Nico in mich verknallt sei.
Ja, bestimmt.

Das ist auch der Grund, weshalb er die ganze Zeit so eklig ist. Jedenfalls zu mir. Als ich letzten Samstag auf der Party mit diesem DJ gesprochen habe, den ich nebenbei bemerkt nur flüchtig kenne, ist er sofort zickig geworden. Wie ein Mädchen.
Halloooo?! Ein Mädchen bin ich selbst. Was ich wollte, ist ein Mann. Ja, wollte. Jetzt will ich nämlich nicht mehr. Ist mir alles zu blöde.

Aber von vorne. Ich hab mir gestern gedacht, wieso ist der liebe Nico eigentlich so blöd geworden? Denn eigentlich haben wir uns bis zum Schluss, wo er zickig wurde, auf einmal richtig gut verstanden. Er hatte ja sogar versprochen, mir bei der Theorieprüfung zu helfen.
Und auf einmal kommt er nicht mehr.
Sogar meine Mutter hatte schon nach diesem äußerst netten Jungen gefragt.
Also jetzt reichte es!
Ich beschloss, ganz cool zu sein. Wenn er nicht zu mir kommt, dann komme ich eben zu ihm! Und da ich ja weiß, dass er mittwochs bei seiner Oma ist, begab ich mich auf den Weg dorthin. Ich war schon fast ein bisschen spät, denn ich war solange vor dem Spiegel gestanden.

Irgendwann war ich zwar nicht zufrieden mit mir, aber jetzt musste ich echt gehen. Sonst würde es nachher ja noch dunkel werden und wenn ich dann auf ihn zugehe, denkt er, ich bin ein Räuber und haut mich um. Also los.

Vor der Haustür seiner Oma angekommen fasste ich all meinen Mut zusammen und klingelte. Und kurze Zeit später stand er vor mir.

Er bekam runde Kulleraugen und meinte nicht gerade sehr freundlich: „Was willst du? Hat dich dein DJ sitzen lassen?“.
Mein aufgesetztes tapferes Lächeln verschwand ganz schnell.
Jetzt hat der doch echt ne Meise!
„Tickst du noch ganz richtig?“ fuhr ich ihn an.

Nico schreckte ein bisschen zurück. Das darf man sich als Mann ja nicht anmerken lassen ,wenn man erschrickt.
„Jetzt hör mal zu Bürschchen!“.
Und damit begann ich zum Rückschlag auszuholen.

„Nur, weil du gut aussiehst und ich dich mal echt gut fand, ist das noch lange kein Grund mich so mies zu behandeln. Wenn du nichts mit mir zu tun haben willst, dann sag es doch einfach und fasel nicht so einen Scheiß. Denn eigentlich dachte ich, du bist ganz nett. Aber du bist ja so zickig wie ein Mädchen! Und noch eins davon brauch ich nicht in meinem Umfeld. Das halt ich nämlich nicht aus! Ach ja, und noch was: Dieser Typ ist DJ und von daher schon allein ein bisschen unterbelichtet. Ich kenne ihn nur. Entschuldige dafür bitte - Hoheit. Und jetzt werde ich gehen. Mit dir ist ja nichts mehr anzufangen!“.

Damit drehte ich mich um. Und begann zu heulen. Scheiß Männer. Und blöder Nico.

Und blöde Lilly, Marie und Nina. Alle sind sie auf einmal nicht mehr für mich da. Blöde Welt. Blödes Leben. Und blöder Führerschein. Und blöde Prüfung. Und was für ein blöder Geburtstag nächste Woche.

**Freitag, der 24. Januar**

Also, ich habe jetzt einen Entschluss gefasst. Und diesen zu fassen, war letztendlich gar nicht so schwierig, wie ich immer gedacht hatte.

Nachdem ich nämlich gestern Mittag völlig entrüstet von meinem Auftritt von Nico zurückkam, der zum ersten Mal nicht peinlich für mich war, sondern im Gegenteil, eher für ihn, hatte mich meine Mutter auch noch dumm angemacht. Warum ich den ganzen Tag unterwegs wäre. Ich wäre ja kaum noch zu Hause und hätte alles Mögliche im Kopf außer der Familie. Ja, was soll das denn?

Ich meine Hallooo?! Ich werde schon wütend, wenn ich nur überhaupt daran denke.
Bin ich nicht vielleicht schon fast 15 und damit eindeutig befreit aus dem näheren Familienleben? Jetzt kann sie nicht mehr über mein Zimmer motzen, weil es nämlich mal zur Abwechslung sogar sauberer ist, als ihr Schlafzimmer, da sucht sie sich halt was Anderes.

Das bestätigt mich aber in der Theorie, dass Mütter einfach an den Kindern rummotzen müssen.
Weil sie dann nämlich meinen, sie seien keine Mutter, wenn sie nicht an ihren Kindern rummotzen können. Und wenn ich mich dann beschwere, dass sie nur rummeckert, dann kommt sie und sagt, ich sei wohl doch noch in der Pubertät und müsste die ganze Zeit rumheulen.
Also da schlägt's doch echt 13! Irgendwann war mir die Diskussion mit ihr, die keine Diskussion war, weil laut meiner Mutter nur sie Recht hatte, zu doof und ich hab sie einfach stehen lassen und bin gegangen.
Ich musste einfach raus. Raus aus dem Haus, raus aus der Familie, raus aus meinem Leben.
Denn irgendwie läuft das zurzeit nicht so toll. Ja, ja, ich weiß,

ich weiß, ich sag das öfter.

Aber zurzeit befinde ich mich in einer echten Lebenskrise. Denn alle sind irgendwie nur noch gegen mich. Was hab ich denn bitte schön verbrochen??

Ich bin ein armes 14-jähriges Mädchen, das im Begriff ist, nächsten Donnerstag 15 zu werden und bis dahin nicht mal den Führerschein zu schaffen. Alle meine Freundinnen und Freunde sind auf einmal ineinander verliebt und turteln die ganze Zeit rum. Also kann ich mich auch nicht mehr mit denen treffen, denn dann geht es nur noch um, „Oh, guck mal, was mir Thomas geschenkt hat!“ oder „Oh, Andi ist so süß, aber dein Marc ist auch ganz putzig, Marie!“.
Tja, das kann zu mir keiner sagen.
Denn der einzige Junge, der mir gefallen hat, zeichnet sich leider zunehmend als Idiot ab! Ist ja aber nichts Neues! Mit Jonathan lief es damals ja ähnlich!
Hab ich jetzt vielleicht schon mit 14 Jahren einen schlechten Geschmack?
Woher kann der kommen?
Von meiner Mutter???
Von meinem Vater???

Und dann auch noch mein Schützling Nicole. Ich kann ja nicht mal Schützling sagen. Denn eigentlich dachte ich, die Kleine könnte mit ihren zarten 12 Jahren ein bisschen Hilfe gebrauchen.
Aber stattdessen hat sie ihr Leben besser im Griff als ich! Wenn ihr Vater ihr kein Taschengeld geben will, säuselt sie als lieb schnorrendes Schmusekind um ihn herum und schon gibt’s den Fuffi.

Und sogar die Jungs hat sie besser im Griff. Obwohl sie genau so chaotisch ist wie ich und auch immer Pech im Glück hat.

Nur ich bin die Dauergeplagte. Dazu habe ich aber keine Lust mehr. Wozu brauch ich denn überhaupt die anderen? Sie zeigen mir doch höchstens, dass sie alle ihr Leben besser in der Hand haben als ich. Das deprimiert mich.

Gestern beim Spazieren hab ich mich auf einmal ganz einsam, aber auch wohl gefühlt.

Aber ich bin kein Mensch, der sich im Selbstmitleid badet! Wenn man unten liegt, muss man eben wieder aufstehen und noch höher klettern!

Also setze ich das nun in die Tat um. Heute hab ich mein erstes Training im Fitnessstudio. Und beim Frisör. Außerdem hab ich gestern Theorie gepaukt und es hat sogar geklappt. Wäre ja lächerlich, das Leben nicht in den Griff zu kriegen. So kompliziert kann das mit 15 nun auch wieder nicht sein. Außerdem - jetzt muss ich mich nur noch auf mich selbst konzentrieren und das kann nicht so schwer sein! Also auf geht's, Nati!

**Montag, den 27. Januar**

In solchen Situationen wie zurzeit würde es mir wahrscheinlich sonst nicht gut gehen. Tut es aber. Das zeigt mir eins: Ich werde reifer! Und das bedeutet vielleicht, dass ich doch dann wirklich 15 werde.
Apropos 15: Das wird ein Geburtstag mit zwei gemischten Gefühlen.

Ich werde danach nämlich gleich meinen Führerschein machen. Hab ich so beschlossen. Das muss einfach hinhauen. Denn ich werde ganz einfach grandios abschließen.
Jedenfalls in Theorie. Das hab ich jetzt drauf. Ich hab so viel

gepaukt über das Wochenende. Und das komische: Das hat mir auch noch voll Spaß gemacht.
Ich weiß nicht, vielleicht werde ich ja mal Fahrschullehrerin. Wobei ich dann nur den theoretischen Teil übernehmen würde. Denn mit dem Fahren kann ich noch nicht sagen, wie das so hinhauen wird.
Aber ich bin auch hier fleißig am Üben. Ich hab in dieser Woche jeden Tag ne Stunde, denn schließlich hab ich bald die Praktische nach der Theoretischen am Freitag. Da probiere ich es noch einmal. Alle guten Dinge sind schließlich zwei - denn auf drei Prüfungen kann ich echt verzichten.
Aber ich bin eigentlich echt gut vorbereitet. Denn ich hab, wie gesagt, nicht nur Theorie gebüffelt sondern auch fahren geübt. Und zwar auf dem Bett. Nico hatte mal aus Spaß gesagt, ich solle doch mal so üben zu fahren. Trocken fahren quasi.
Hab ich auch gemacht. Ich bin quer durch die Region gebraust. Ich hab vor allen Dingen rechts vor links und Gleichgewicht halten geübt.

Meiner Mutter bin ich am Wochenende so gut wie möglich aus dem Weg gegangen. Da ich aber zum Fahren und Lernen so motiviert war, bin ich morgens schon um zehn Uhr wach gewesen und da kann man als Mutter leider nicht meckern. Denn normalerweise steht man in meinem Alter am Wochenende aus Prinzip nicht vor zwölf Uhr auf, selbst wenn man schon um neun Uhr wach ist und sich dann die ganze Zeit über langweilt.

Und ich war wieder im Fitnessstudio. Ich hab einen leichten Muskelkater. Aber den werde ich heute gleich mal auskurieren. Und ich war schwimmen. Gestern.
Hat verdammt gut getan.
Sogar mein Vater machte mir ein Kompliment und lobte mich für mein Engagement. Wobei mir am Wichtigsten ist, den Stress, den ich zur Zeit mit der Welt habe, abzuschütteln.

Und vielleicht werde ich auch doch nicht Fahrschullehrerin sondern Moderatorin. Nina hat mich auf die Idee gebracht. Am Freitag meinte sie, dass bei uns im Juze jetzt ein evangelisches Kirchenradio aufmacht. Da können Leute, die sich dafür interessieren mit-machen. Recherchieren, Redaktion und vielleicht sogar Moderation.
Nina sieht sich schon als Nachwuchsstar.
Eigentlich hatte ich erst nicht so'n Bock. Aber ich bin ja auf dem Weg, mein Leben selbst in die Hand zu nehmen! Vielleicht ist das genau das Richtige?!

Am Samstagabend war es übrigens mal wieder so weit. Wir sind alle auf eine Faschingsparty. Ich war mal wieder zu unmotiviert, um mich zu verkleiden. Ich hatte höchstens Lust auf meine Sportklamotten, denn am liebsten hätte ich die Party sausen lassen und wäre direkt wieder aufs Laufband – vielleicht werde ich auch Sportlerin?

Jedenfalls gingen auch die anderen relativ normal und ungeschminkt auf die Piste. Allerdings war jeder mit Partner geschmückt. Außer mal wieder Nico und ich.
Aber dann fand ich's echt lustig und interessant. Denn unsere Clique ist ja in den letzten Wochen rasant gewachsen. Nix mehr nur Nina, Lilly, Marie und ich. Jetzt sind da auch immer noch die Jungs. Thomas, Marc, Andi und halt Nico.
Aber während ich mich nach dem Faschingsprogramm mit ein paar Leuten aus der Schule amüsierte, hatten meine Mädels mal wieder Stress.

Tja, weggehen mit dem Freund will gelernt sein.
Denn während des Programms saßen die Jungs noch brav neben ihren Mädchen.

Dann war es aber zu Ende und „Mann" wollte feiern.
Meine Mädels aber wollten ihre Jungs unter Kontrolle halten.
Es kam, sagen wir mal, zu kleinen Auseinandersetzungen mit

den Jungs und einer Konferenz zwischen Nina, Marie und Lilly.

Ich hatte dafür meine Ruhe. Und ab da ging es mir verdammt gut.

Denn mit Nico wechselte ich kein Wort. Er sah ziemlich oft verlegen zu mir rüber. Ich hab's nur gespürt, weil ich keine Lust hatte, ihn anzuschauen. Ich weiß ja ungefähr wie er aussieht. Und wenn er sich die ganze Zeit so blöd benimmt, ist er selbst schuld. Aber meinen Geburtstag feiern werde ich auf jeden Fall nicht mit ihm. Schade. Aber mit wem denn dann? Hhmm, egal.
Da geh ich halt wieder ins Fitness. Ist auch gesünder für die Figur.

**Dienstag, den 28. Januar**

Joe hatte Angst, doch ich habe ihm gezeigt, was ich drauf habe. Nachdem ich einst seinen geliebten Fahrschulroller in den Schnee gesetzt habe, bin ich gestern gefahren wie eine Göttin. Ein bisschen weiblich halt, wie Joe sich ausdrückte, aber dafür echt gut.
Hat das Üben also doch etwas gebracht.
Denn ich konnte genau das umsetzen, was ich zu Hause beim Trockenfahren auf meinem Bett geübt hatte.
Lilly kam danach zu mir und fragte, was eigentlich los sei. Ich erklärte ihr, dass ich nur auf meinem „Selbstfindungstrip“ sei und ich da nun mal wohl oder übel alleine durch muss.

Etwas verlegen schaute sie zum Boden und fragte mich, was mit Nico sei.
Herrschaftszeiten! Was haben die denn zurzeit alle mit diesem Hohlkopf?

Lilly meinte, er würde mich halt mögen.

Ich schnauzte Lilly an, was sie denn schon von ihm wissen würde.
Ich meine, jetzt mal ehrlich, der Typ ist doch nicht ganz dicht!

Erst macht er sich über mich lustig und wir verstehen uns, obwohl ich mich jedes Mal auf ein Neues blamiere, und jetzt kommen sie alle an und meinen, ICH würde IHM Unrecht tun.

Hallooo?

Fragt eigentlich jemand auch mal mich, wie es mir dabei geht? Denn ich meine, ich streite es ja nicht ab, dass ich diesen Typ ein klein wenig toll fand.
Aber nun find ich ihn irgendwie doof!
Wirklich!
Was heißt da irgendwie. Ich finde ihn doof. Wenn er mich auch jedes Mal anschnauzt, wenn ich nur mal mit einem Typen rede. Bitte! Was nimmt der sich eigentlich raus?
Außerdem ist Nico irgendwie so akkurat! Also so gar nicht mein Fall – im Prinzip!
Na ja, ach was weiß ich. Muss ich mir ja wohl auch keine Gedanken drüber machen!
Ist doch eh egal!
Ich hab Lilly dann irgendwann gesagt, ich muss jetzt gehen. Ich wusste zwar selbst nicht wohin, ich hatte aber keine Lust mehr auf dieses Geschwätz.

Also hab ich mich auf den Weg nach nirgendwo hin gemacht.

Und da traf ich mitten in der Stadt nichts ahnend meine kleine Nicole.

Und rate mal, mit wem sie grad ein Date hatte und um die Ecken zog?! Mit diesem DJ Stefan.

Ich hab ja gleich versucht, sie zu warnen, weil sie 12 ist und er irgendwas mit 16. Ob das so gut geht, bezweifle ich. Aber die beiden sahen ganz glücklich aus.

Sieh mal an, mit 12 ist sie schon reifer als ich mit meinen fast 15. Ich war fast davor, wieder Depressionen zu bekommen und verabschiedete mich ganz schnell.

Ich flüchtete in ein Kaufhaus.

Und da stand mir die nächste Flucht gleich noch bevor.

Nico!

Ich wollte nicht, dass er mich sieht und hab mich ganz schnell hinter einem Regal versteckt.
Er sah sich irgendwelche Bücher an und ich versuchte zu erkennen, welches er sich denn gerade zur Brust nahm. Kann ja auch nicht schaden zu wissen, was er so liest.

Ich lehnte mich vornüber, um besser sehen zu können und stützte mich auf dem Regal ab. Und da hab ich erst gar nichts bemerkt.
Als ich mich dann schon waagerecht zur Erde befand spürte ich, dass sich das Regal samt mir langsam zum Boden neigte.

Und ich sag nur eins: das hat vielleicht weh getan!

Denn ich bin mit dem Regal nicht gerade sanft gefallen und hab mir so ein Brett voll in den Bauch gerammt. Zudem lag ich jetzt nicht nur auf irgendeinem Regal, sondern auf einem der Drogerieabteilung. Mit Toilettenpapier und anderweitigen Hygieneartikeln! Und natürlich hat das auch Nico mitbekommen. Er schaute leicht verdutzt, und als er mich erkannte, war er nicht mal schockiert.

Na ja, so Auftritte ist man ja auch von mir gewohnt.

Ich rappelte mich wieder auf und er kam mit dem Buch in der Hand langsam auf mich zu. Ich dachte erst, dass ich mir wieder einen Anschiss abholen kann, aber dann lächelte er nur.
Ich auch. Ich konnte nichts sagen, weil ich solche Schmerzen hatte. Und dann bin ich einfach gegangen und hab ihm zuvor nur noch mal zugenickt.

Er hätte ja aber ruhig mal fragen können, ob alles in Ordnung ist - tsss, Männer…!!!

Na ja, ich hab mir dann auch nicht wirklich weh getan. Hab nur so einen kleinen blauen Fleck am Bauch – aber ich bin ja kein Jammerlappen!
Schon gar nicht, seit ich so gut in der Schule bin! Ich hab heut in der Schule eine Eins in Deutsch zurückgekriegt – ein Aufsatz. Tja, schreiben kann ich.
Und Mathe hab ich heut auch gewusst und Physik auch und dann, trallalalaaa, hab ich auch noch eine Eins im Vokabeltest heut Morgen geschrieben – ALLES RICHTIG!
Juhuuu.

Und nachher hab ich wieder Fahrstunde um – oh verdammt – jetzt gleich… bis dann…

**Mittwoch, den 29. Januar**

Das Leben kann schon manchmal sehr seltsam sein. Beson-

ders wenn unangemeldete Besucher auf einmal vor der Haustüre stehen.
Ich bin gestern wie eine Furie durch das Haus gerannt, weil ich so spät dran war und nur den einen Schuh gefunden habe. Ich brauchte aber beide, weil ich sonst nicht fahren kann. Das sind nämlich meine Fahrerschuhe. Nur in denen kann ich richtig fahren.
Denn in diesen Schuhen hab ich das erste Mal fahren können. Davor war das immer mehr oder weniger ein größeres Desaster.
Und dann klingelte es auf einmal auch noch an der Tür. Ich schrie nach meiner Mutter. Die könnte ja auch mal aufmachen. Aber von der war weit und breit nichts zu sehen. Also watschelte ich mit dem einen Schuh an meinem einen Fuß durchs Haus und legte mich erst mal in meiner Hektik auf die Nase. Als ich mich wieder unter Schmerzen aufgerappelt hatte, stolperte ich zur Tür.

Und bekam gleich den nächsten Schock.

Da stand Nico!!
Ich war verständlicherweise leicht schockiert und diesmal bekam ich Kulleraugen. Vor mir stand ein grinsender Nico, der sich nicht wunderte, dass ich mit einem Schuh, zerzausten Haaren und Chaosmiene vor ihm stand.
„Na, wie ich sehe, ist alles fit!“ meinte er nur gut gelaunt.

Ich überlegte kurz, ob ich lieb sein sollte oder nicht und dachte mir: Okay. Bin ich halt mal freundlich und warte ab.

Ich grinste zurück und, weil ich nichts mehr sagte, war er leicht verlegen und wusste selber nichts zu sagen.

Er schaute auf den Boden und fummelte mit den Fingern an seiner Jacke rum. Wie süß. Er konnte ja doch ganz nett sein.
„Ich bin durchgefallen!“ sagte ich dann nur zu ihm.

Er sah mich ganz lieb an und meinte „Ich weiß!“.
Das klang fast so wie eine Entschuldigung.

Er fragte mich, wann ich die nächste Prüfung hätte und ob ich’s jetzt geschnallt hätte. Erst wollte ich ja lauthals protestieren, aber das hatte er, glaub ich, gar nicht böse gemeint.
Und so antwortete ich ganz lieb, dass ich es jetzt auf jeden Fall kapiert hätte.

Am Donnerstag muss ich es ja schaffen. Ist schließlich mein Glückstag, weil es ja mein Geburtstag ist.

Und am Freitag ist die praktische Prüfung. Herrje, die Praktische! Ich hatte Fahrstunde. Mir wurde ganz kribbelig, wollte aber Nico aber jetzt nicht so stehen lassen. Aber er schien zu merken, dass ich unter leichtem Termindruck stand.

„Na ja“ meinte er dann auch gleich.
„Ich werde dann jetzt mal wieder gehen. Ich wollte mich auch nur für deinen lieben Brief bedanken. Ich verstehe ja, dass das mit uns am Anfang sehr seltsam gelaufen ist, und ich versteh auch, dass ich vielleicht ein bisschen überreagiert habe, so wie du geschrieben hast - aber ich bin auch froh, dass du mich immer noch magst. Du bist echt cool!“.
Und dabei legte er den Kopf schief und blinzelte mich mit zusammengekniffenen Augen an.

Ich verstand gar nichts!
Was für einen Brief denn bitte schön?

Ich sah ihn wohl sehr überrascht und unwissend an.

So, dass auch ihm das auffiel. Er wurde stutzig. Zögernd fragte er mich, ob ich ihm denn ein Brief geschrieben habe?

Nein, hatte ich nicht!

Oder?
Nein, soweit ich weiß nicht!

Ich sagte aber nichts. Ich schüttelte nur ganz kurz meinen Kopf.
Nico schien ziemlich bedrückt zu sein, entschuldigte sich und ging ohne große Worte wieder. Na toll, das hatte ich ja wieder prima hingekriegt.

Die Fahrstunde verlief dann auch nicht ganz so glamourös!
Was für ein Brief??
Ich muss jetzt in die Schule – und da werde ich glatt mal meine Mädels ausfragen! Mal gucken, ob die was wissen – ich befürchte ja schon!

**Donnerstag, den 30. Januar, 00.01 Uhr**

Scheiße! Scheiße, Scheiße, Scheiße. Manchmal ist echt alles wie verhext. Ach, was sag ich. Manchmal! IMMER! Ich bin eine von den wenigen auf der Welt, die vom Unglück verfolgt sind!

Nico dachte also, ich hab ihm einen Brief geschrieben in dem stand, dass ich ihn mag.
Und dann kam er einfach zu mir, um sich zu bedanken und mir zu sagen, dass er mich auch mag.

Und ich sag ihm natürlich die Wahrheit!
Und die da ist, dass ich ihm keinen Brief geschrieben habe.

Aber irgendjemand muss ihm ja geschrieben haben.
Und mein erster Gedanke fiel auf Lilly. Sie war ja erst vor ein paar Tagen da und hat mich nach Nico ausgefragt.
Und sie hatte gesagt, dass sie meint, dass er mich mag.

War mir aber egal. Hab ich ihr doch aber auch gesagt. Denn wenn jemand so komisch ist wie er, dann ist es mir grad egal!
Ich hatte Lilly gesagt, dass ich ihn nicht mag. Und das hat sie mir nun nicht geglaubt und ihm geschrieben!
Und als mir das so klar wurde, hab ich sie sofort in der Schule drauf angesprochen!
Sie hat mich schon so schuldbewusst angeschaut, als sie mich gesehen hatte.

Und allein da wusste ich schon, dass sie es war!
Ich sagte aber erst mal nichts.
Sie aber auch nicht.
Wir unterhielten uns über ganz belanglose Dinge mit Marie und Nina. Irgendwann platzte mir aber der Kragen und ich brüllte los, was ihr denn eigentlich einfiele, so einen Scheiß zu verzapfen.
Lilly war richtig erschüttert.
Ich spürte, dass es ihr wirklich leid tat.
Und sie erzählte mir, dass ihr Thomas sie auch schon angeschissen hatte. Dass sie sich gefälligst nicht in unser Liebesleben einmischen sollte.

Denn Nico ist eben einer von Thomas´ besten Kumpels. Vielleicht impliziert das nun ja wieder, dass er mich doch nicht mag?!

Und Lilly fing dann echt zu heulen an!
Und was hat sie da doch tatsächlich gesagt? Sie erträgt es einfach nicht, dass so ein Traumpaar wie Nico und ich es nicht schaffen, zusammen zu kommen!
Ich fragte sie dann, ob sie sich vielleicht schon mal überlegt habe, dass wir gar nicht zusammen passen.

Da meinte sie nur, dass ich doch selbst wüsste, dass ich total in ihn verknallt sei.

Das hat mir keine Ruhe mehr gelassen.
War ich denn wirklich in ihn verliebt?
Gut, am Anfang fand ich ihn toll und es war witzig. ihn erobern zu wollen.
Dann war aber auf einmal alles so ernst und kompliziert geworden. Aber ich empfinde, wenn ich tief in mich rein höre, was ganz Seltsames.
Ich bin irgendwie glücklich und ausgeglichen, wenn ich an ihn denke. Und todtraurig, wenn ich daran denke, wie dumm ich manchmal zu ihm war. Oder er zu mir.
Und trotzdem mag ich ihn ja. Aber bin ich wirklich verliebt???
Und plötzlich bekam ich Schmetterlinge im Bauch. Aber ganz nervöse, keine direkt verliebten. Sondern auch wütende.
Ohne groß nachzudenken bin ich daraufhin nach der Schule heim, hab kurz überlegt und dann bin ich schnurstracks zu seiner Oma gelaufen. Denn es war ja mal wieder Mittwoch!
Den beiden begegnete ich schon vor der Haustür, als diese gerade einkaufen wollten.
Die Oma begrüßte mich freudig.
Ich hatte jedoch nur Augen für Nico.
Der schaute mich leicht böse an.
Und ich begann wieder alles zu erklären. Mal wieder!
Diesmal aber ganz ehrlich: „Okay, es tut mir leid! Es tut mir leid, dass ich so ein Chaot bin. Es tut mir leid, dass ich manchmal nur Mist mache. Es tut mir leid, dass ich manchmal so doof zu dir war. Und es tut mir leid, dass ich manchmal so blind bin. Es tut mir leid, dass ich den Brief nicht geschrieben habe. Weil genau darin steht, was ich denke. Ich mag dich. Ich bin dir nicht böse. Ich bin nur böse, wenn ich dich nicht sehe. Denn ich wäre so gerne mit dir zusammen. Und es tut mir leid, dass ich zu doof war, dies zu erkennen, als noch nicht alles zu spät war.“.
Mir liefen die Tränen runter. Dann drehte ich mich wortlos um und lief schluchzend davon.
Und jetzt geht‘s mir schlecht.

Denn hätte ich nichts gesagt, wäre ich vielleicht noch halbwegs als Gewinner davon gekommen, nun bin ich der absolute Loser.

Und das an meinem Geburtstag, wenn ich Torte von meiner Mutter essen soll und auch noch die Theoretische heute ablegen muss. Scheiße, Scheiße, Scheiße...

**Freitag, der 31. Januar**

Eigentlich ist die Welt ja gar nicht so schlecht. Hach was sag ich, sie ist sogar fast perfekt! Vielleicht liegt das an meinem Alter. Ich meine, einen Tag nach meinem 15. Geburtstag muss das Leben doch wieder besser sein.

Ist ja auch kein Wunder. Bei so vielen tollen Freunden. Und einer gelungen Theorieprüfung nebenbei. Jawohl – gelungen!

Na ja, nicht dass ich es nicht schon immer gewusst hätte...
Ich hatte eben nur ein paar kleine Zweifelattacken. Völlig normal, so kurz bevor sich einem alle Pforten zu dieser Welt öffnen.
So mit 15 ändert sich schließlich alles!

Und ich habe IHN!

Einen pinken Mofaroller!!!
Noch ist er gedrosselt auf gerade mal 25 km/h. Aber nächstes Jahr darf ich ihn mit seinen 50 km/h voll ausfahren. Den haben mir meine Eltern geschenkt.
Er hat tolle Außenspiegel. Man kann sich darin ganz toll die Frisur richten. Mehr kann ich zu meinem neuen Gefährt leider nicht sagen. Ich bin kein guter Rollerkenner.

Obwohl, das könnte man fast meinen! So supi wie ich die theoretische Prüfung nun abgelegt hatte. Ganze 0,0 Fehler und das in Rekordzeit. Der Prüfer hat ziemlich blöd geguckt und ich war unheimlich stolz auf mich.

Dann wurde mir gleich zweimal gratuliert. Zur Prüfung und zum Geburtstag.
Den musste ich ja dann auch noch feiern. Obwohl ich gar nicht feiern wollte.

Deshalb hatte ich auch nichts organisiert. Zu Hause warteten ja schon ein paar nervige Tanten und Onkels, meine Oma mit einem Batzen Geburtstagskohle und ein fetter Kuchen.

Später ging es dann noch zum Abendessen in irgend so ein Restaurant.

Ich hatte gar kein Bock drauf. Ich musste an meine Mädels denken. Und an Nico. Es gab noch nie einen Geburtstag, an dem sie dabei waren. Und dieses Mal, an meinem wichtigsten, hatte ich wieder keine gesehen. Weil ich ja wegen der Theorieprüfung nicht in der Schule war und Marie und Lilly ihre Prüfungen erst in den nächsten Wochen schreiben.
Und dann war das auch noch mit Nico! Toll. Ich hatte beim Essen null Appetit, aber aus Trotz schaufelte ich die Pommes so in mich rein, dass ich eine große Anzahl strafender Blicke von meinem Vater erhielt.
Zu Hause angekommen hatten sich bereits nach dem Essen im Lokal alle Verwandten verabschiedet.
Kaum im Hause wollte ich nur noch in mein Bett und heulen. Tolle Theorieprüfung – und niemand, dem ich das erzählen konnte!

Ich hätte niemals gedacht, dass mich wirklich alle mal so hängen lassen!
Sogar Lilly und Marie! Und Nicole! Die noch so groß mein-

te, sie würde mir ne Torte backen. Nur eine Nachricht hatte ich von den Mädels bekommen. Reichlich schwach für beste Freundinnen!

Und dann bat mich auch noch mein Vater in die Garage zu gehen und ihm zwei Flaschen Bier zu holen. Konnte er das nicht machen? Soweit ich weiß, hat doch auch er zwei Bei-ne. Aber gut.

Also lief ich mal wieder deprimiert in diese beschissene Garage. Ich knipste das Licht an. Doch nichts tat sich. Was war denn nun schon wieder?
Ich schrie nach meinem Vater.

Keine Reaktion.

Hach, toll!
Ich versuchte es noch mal. Da hörte ich was rascheln.
Huch!
Gab es hier etwa Ratten oder Mäuse?
Ich wollte mich gerade zum Gehen umdrehen.
Da hörte ich plötzlich ganz leise Musik.

Was war das?

Dann gingen lauter bunte Lichtstrahlen an. Und schließlich öffnete sich das Garagentor.
Ich erschrak.

Doch davor stand Nicole mit einer riesigen Torte und lauter brennenden Wunderkerzen.
Und gleichzeitig ging das Licht an - und da standen sie alle!

Nina, Lilly, Marie, Marc, Andi, Thomas und DJ Stefan mit Nicole – und sogar Stefan!
Meine Eltern kamen rein.

Ein paar andere Klassenkameraden waren auch da.

Und Nico!

Ich war ganz aufgeregt. Und mir stiegen Tränen in die Augen. Dann gratulierte mir jeder einzeln.

Marie umarmte mich, heulte voll und wünschte mir alles Gute und flüsterte mir ins Ohr: „Du bist meine beste Freundin!".
Da heulte ich dann auch!

Dann kam Lilly und meinte: „Herzlichen Glückwunsch – und es tut mir leid – ehrlich! Ich wollte doch nur dein Bestes! Es tut mir so leid!" heulte sie schließlich.

Ich heulte auch und sagte: „Ich weiß!" und knuddelte sie.

Nina kam, grinste, überreichte mir ein riesiges Paket, drückte mich und flüsterte: „Alles Gute zum Geburtstag, Süße! Wir haben dich echt lieb!".
Nina hatte allen Ernstes ein Tränchen in den Augen – ich ja sowieso!
Auch alle anderen gratulierten mir ganz lieb – besonders auch Stefan.
Alle hatten mir schon gratuliert – bis auf einen!

Doch bevor mir Nico gratulieren konnte, zog mich Nicole fort und meinte, ich müsse unbedingt ihre Torte probieren. Ich war echt wütend, doch das konnte ich mir ja wohl schlecht anmerken lassen.
Doch Nico war ja hoffentlich noch ein bisschen da.

Dann schnitt ich das Stück Torte ab, auf das Nicole zeigte.
Mann, die war echt dreistöckig.
Wie hatte sie das nur hinbekommen?

Irgendetwas störte mich beim Torte schneiden und ich entdeckte einen Zettel.

Ich zog ihn heraus und las was darauf stand.

„Alles Liebe zum Geburtstag Nati - Die Frau, die mich um den Verstand bringt!“.
Und plötzlich umarmte mich jemand von hinten.
„Das ist nicht beleidigend gemeint!“.
Ich drehte mich um. Und ehe ich mich versah sah ich in die strahlendsten Augen, die mir dicht gegenüber standen.
Dann nahm Nico meinen Kopf in seine Hände und küsste mich.
Und um uns herum klatschten alle und gratulierten mir später gleich noch mal.

Nico ließ den ganzen Abend nicht mehr meine Hand los und ich musste andauernd seine Hände anschauen, um es zu begreifen.
Ich hab’s also geschafft!
Ich hab mir tatsächlich meinen Anti-Stangen-Retter geangelt!
Wer hätte das je gedacht?
Aber im Prinzip wusste ich ja immer, dass ich das kann. Und so kommen auch meine Glückstage, wenn auch selten, aber immer wieder.
So wie meine Freunde. Die immer für mich da sind, auch wenn ich es manchmal kaum glaube.

Und als sich Nico später von mir verabschiedete, sagte er, dass er mich in der Früh abholt - zur praktischen Führerscheinprüfung, die ich ganz gewiss ohne Probleme schaffen werde.
Dann gab er mir noch mal einen ganz dicken Kuss.
Zufrieden drehte ich mich zu meiner kleinen Nachhilfeschülerin Nicole um. „Siehste“, sagte ich. „So macht man das!“.
„Mach Sachen!“ kam da nur zurück. Und händchenhaltend

zog sie mit ihrem DJ Stefan von dannen.

Und was soll ich noch sagen?

Ich habe BESTANDEN!
Ich habe meinen Rollerführerschein!
Es gab zwar ein, zwei Wackler, weil es heute wieder angefangen hat zu schneien, aber Nico hat mich noch mal vorher zur Seite genommen und mir noch mal alles erklärt!

Und dann hat's hingehauen!
Ich bin so glücklich!

Nico musste dann ja auch in die Schule, aber ich hab ihm und den Mädels und Stefan und Nicole dann gleich eine Nachricht geschrieben, dass ich es geschafft habe.
Und sie haben mir dann auch alle gleich zurück geschrieben, dass das doch klar war.

Ich war so glücklich und bin mit meinem vorläufigen Führerschein, den ich vermutlich eh erst im Frühjahr brauche, weil ich da erst meinen Roller anmelden darf, aber egal, durch die Stadt gelaufen.
Zufällig kam ich am Juze vorbei und habe dort das Plakat von dem evangelischen Kirchensender gesehen. Und na ja, es lief ja eh alles so gut! Wieso eigentlich nicht?

Ich bin rein und hab mich angemeldet! Manchmal muss man auch was für sich tun! Als ich ins Juze gelaufen bin, habe ich glatt erst mal einen Jungen umgerannt. Er war nur ein bisschen größer als ich, hatte dunkle Haare und so ein „Old-School-Look“ an sich. Er sah echt süß aus. Vor allem als er rückwärts umfiel! Ihm sind die ganzen Plakate aus der Hand gefallen.

Uuups! Ich bin halt doch immer noch die Alte!

Aber dann hab ich ihn angelacht – was soll's! So bin ich halt!

Er hat zurück gelacht und zusammen haben wir seine Plakate wieder aufgehoben. Dann stand er auf einmal vor mir, grinste mich an und drückte mir ein Plakat in die Hand! Es war für ein Fußballturnier von Nicos Mannschaft! Das 1. Fußballspiel der Rückrunde! Mitte März – ein Derby!

Och nee, nicht schon wieder!
Aber ich bedankte mich artig, lächelte ihm noch mal zu und ging zu der Liste am Schwarzen Brett, bei dem man sich als freier Mitarbeiter für diesen Radiosender anmelden kann.
Und wer weiß, vielleicht wird das ja wirklich was?!

# DANKE

Danke an meine Freunde und Familie, ohne euch hätte ich nie meinen schrägen Humor entwickelt. Ich stell euch dann die Rechnung vom Therapeuten!

**Nati´s Diary - Band 1**
**Jungs sind doof, außer man küsst sie!**
ISBN: 978-3-74123-706-5
Preis: € (D) 8,99

Mit 13 Jahren verändert sich alles!

Nati schreibt mehr Tagebuch als Hausaufgaben. Aber das Leben hat ja auch aufregenderes zu bieten als Schularbeiten. Sagt sie. Ihre Eltern sagen etwas anderes. Zoff ist also auch zu Hause vorprogrammiert.

Da wird es nicht besser als Mathelehrer Schulz die Klassenclowns Marc und Jonathan auseinandersetzt - und Jonathan neben Nati! Das kann ja was werden, denn eigentlich findet Nati Jungs ziemlich unreif. Jonathan auch. Meistens. Na gut, manchmal. Verflixt diese Jungs..
Gut, dass Nati Freundinnen hat auf die sie sich verlassen kann. Die vier gehen gemeinsam durch dick und dünn, durch Mathehausaufgaben und Vokabeltests, überstehen gemeinsam nervige Klassenkameradinnen und stellen das Leben der Jungs auf den Kopf! Auch der erste Liebeskummer kann einem mit guten Freundinnen nichts mehr anhaben – naja fast! Und am Ende kommt es zum großen Showdown, der alles verändern wird!